El Tribunal de las Almas

Derechos de autor © 2025 ClassicReadings

Primera edición: Junio 2025

Publicado por ClassicReadings

Plano, TX.

ISBN 979-8-89860-077-8

ÍNDICE

Antonio y Patricia, tuvieron una noche terrible, ella cargada de celos lo ofendía de la peor manera, lo golpeaba en el pecho frustrada por no tener la fuerza suficiente para derribarlo al suelo con un golpe contundente, Antonio solo se protegía del descontrol de su esposa quien lo vio a la salida de la farmacia, con una chica más joven con quien conversaba y ambos se reían,

Aquella discusión se salía de los límites, terminando en un escándalo de tal magnitud con lámparas lanzadas por la ventana, ropa masculina que volaba por el aire de aquel jardín hasta ese momento bien cuidado por ambos, más tarde se escuchó una explosión, era el microondas lanzado al suelo con la furia de una mujer enardecida sin control, llena de rabia hacia quien es el amor de su vida, Antonio el traidor, el infiel a su juramento de amarse hasta el final, ella le gritaba toda clase de improperios, y en un momento de esa loca reacción, cae al piso desmayada, la histeria sobrepasó sus condiciones físicas y Patricia quedó en chock, convulsionando ante la mirada aterradora de su esposo quien la veía en ese frio piso no solo el final de su matrimonio, sino también el final para ella creyéndola muerta sin saber qué hacer, cómo reaccionar solo la contemplaba con su cabeza en sus brazos pidiendo perdón, perdón, le gritaba sin repuesta.

Fueron los vecinos quienes actuaron, no solo llamando al 911, sino socorriéndolos impactados por la reacción de ella quien terminó producto de su propia ira, en estado inerte

Patricia fue internada aun inconsciente, se encontraba en estado de coma sin saber la causa, debía reaccionar en poco tiempo, según la opinión de los médicos que la atendieron presumiendo fue producto de su histeria, que alteró su cerebro, desconociendo la gravedad del caso.

Antonio aún sin entender esa crisis histérica de Patricia, permaneció a su lado unas 2 horas, cuando llega la policía para iniciar la investigación según la denuncia de sus vecinos.

Ella no presentó daños físicos a la vista, no recibió maltrato de su esposo, solo su desmayo que terminó en estado de coma que la mantiene inmóvil ante la mirada de médicos, enfermeras y su esposo algo preocupado no solo por su situación de inconsciencia, sino por la brutal reacción enfrentándose a él de la manera más agresiva y violenta nunca antes en ella.

Un diagnóstico sobre su caso no presentó los médicos a la espera de las primeras 48 horas.

Patricia con 27 años lucía hermosa, blanca, con ojos castaños, su pelo crespo caía sobre sus hombros y espalda, aun no tenía hijos con 3 años de casada con Antonio, en líneas generales, un buen marido, atento, amoroso, estable emocionalmente y sin vicios, no fuma, y el licor solo en eventos sociales o casos especiales, siendo considerado como un buen esposo y un caballero en todo el sentido de la palabra.

Patricia allí, rígida, dormida, en realidad no está totalmente en coma, ella los escucha hablando, y frente a ella ve caras de hombres, solo de hombres, algunas veces son 4 en otra solo 3. Llegan se mantienen un rato, se van, en unos minutos más, regresan de nuevo y así sucede sin explicación para ella.

Qué pasa realmente con Patricia, no es normal en ella, ese ataque histérico, cuando realmente es dócil, pacífica, razonable, extraña igualmente su estado inerte, algo raro sucede, fuera del alcance de médicos y familiares.

Aquellas 7 caras de hombres, se le han sumado dos rostros de mujeres, que tan solo ella las ve, en tanto, a su esposo, médicos y demás personal del hospital no los ve, solo les escucha sus comentarios y conversaciones.

Ellos están en mis sueños, aquellos son la realidad, lo deduce en ese limbo mental que en esos momentos ha tomado su vida, ¿llevo dos vidas? Se pregunta, efectivamente Patricia ha entrado en lo profundo de un sueño donde se unen las dimensiones, en este caso la tercera con la cuarta haciéndola sentir como alguien especial.

¿Cómo es esto? Se pregunta, mientras continúan aquellas caras, solo sus caras frente a ella no hablan, no preguntan, solo están allí como esperando algo de ella, pero ¿qué?

¿Qué podría hacer?, escucharlos no hablan, conocerlos tampoco, entonces solo verlos, quedarse allí no cree que solo desean molestar, asustar o preocupar.

Mientras ella está en ese dilema, escucha una discusión entre médicos, su esposo y sus padres, ellos no aceptan sea decretada en estado vegetativo, jamás, es más fácil para ellos, como médicos, tomar esa decisión, lavarse las manos en lugar de buscar la manera de sacarla de ese coma, de ese estado inerte.

Su esposo Antonio, llora, se lamenta, la besa en las manos, en la frente y finalmente en los labios buscando su reacción, su despertar, que regrese a la realidad, a su vida, a la vida de ambos y le pide perdón, varias veces lo hace, pero ella sintiendo esas hermosas sensaciones de su marido intenta salir de tal situación, pero no, la reacción no llega y estando precisamente en esa intentar regresar, vuelven las caras, vuelven aquellas 7 caras de hombres, desconocidos para ella y la regresan a ese estado de profundo sueño, ya sin escuchar las palabras desesperadas de Antonio para regresarla a la realidad, él y sus padres vuelven a pasar al limbo de su inconsciencia, es como pasarle un cierre a esa vida con ellos y colocarla frente a aquellos 7 hombres que algo esperan, algo necesitan haciendo de su mente oscura un caos, un desespero que se bate entre el mundo real y ese limbo que la arrastra sin detenerse.

INICIO DEL VIAJE

Ese ir y venir del limbo mental, a la realidad ocurre en fracciones de segundo, algo irreal, definitivamente Patricia está entrando a otro mundo, que no es la muerte, tampoco una especie de purgatorio, es otra dimensión totalmente desconocida para ella, pero es algo maravilloso, misterioso, es un viaje increíble, entre luces de muchos colores, caminar sobre nubes, sentirse volando entre montañas cubiertas de hielo, pero con un valle cubierto con árboles frondosos, enormes y a sus pies agua cristalina como el más maravilloso río que ha visto.

Patricia está en ese paraíso mental soñado recorriendo todo con miradas atónitas, allí sobre una piedra gigante que parece mantenerse en el aire, está un hermoso caballero de grandes alas, no es un ángel, tampoco un ser divino, es sencillamente una de esas caras con cuerpo y presencia que le habla, la atrae hacia él con sonrisa de agrado, tal vez de agradecimiento, había recibido su invitación tácita a ese paraíso donde la requerían en su viaje astral.

Aquel ángel frete a ella, al acercarse se transforma y la traslada a aquellos días de fiestas, y derroches donde salía a relucir su ego, su verdadero yo, que no era otro que una mujer alegre, demasiado alegre, bailaba con intensidad, con un hombre y otro y otro.

Patricia irreconocible, reía a carcajadas, bebía sin control, una verdadera locura en cualquier lugar con música y hombres, esa era ella en realidad, nada que ver con esta humilde esposa que arremete contra su esposo sencillamente por frustración, por creer que ha sido engañada,

No entiende que le sucede, está en esa cama con doctores, su esposo y demás gente, que tratan de sacarla de ese trance, pero no, ella no reacciona, en fracciones de minutos, todo su mundo anterior lo tiene ante sus ojos, la están llevando en un viaje fuera de su cuerpo, guiada por ese ángel gigante, con alas, bello, con unos ojos verdes brillantes.

¿Qué locura es esa? Se pregunta, no recuerda a esa ella que la señalan de desquiciada bebiendo y de hombre en hombre, no, esa no es ella.

Efectivamente, no es ella en su pasado reciente, ésta Patricia es aquella de años atrás, en su vida de prostituta, por las calles de Londres durante la segunda guerra, aquella donde se vendía al mejor soldado fuera nazi o no, lo de ella era aprovecharse de su hermosura, de una cara y un cuerpo privilegiado, para sobrevivir, para seguir con vida en medio de tanta sangre que caía a su lado en esa monstruosidad donde asesinaban a unos y otros, sin preguntar, sin saber la edad o el género, ella Patricia en ese entonces se llamó Lourdes, buscaba cualquier hombre, y muchos más, y así vivió, cuando finalmente se enamora de un soldado anti nazi, siendo su final, Lourdes cae en desgracia, la sorprenden con ese su amor, y no valiendo su cuerpo y hermosa cara, es llevada a una concentración donde vio las peores injusticias y hechos de seres sin alma.

Aquel ángel, la está llevando por sus anteriores vidas, han sido muchas, el viaje es largo, de allí depende si la regresan del coma donde esta inmiscuida, y le regresan su alma y de ser así, ¿será para pagar sus karmas, o en esas últimas oportunidades ya pagó, ya está nuevamente con su libre albedrío? Todo es duda, desconocimiento, debe esperar, tener paciencia.

El viaje es inmensamente largo, Patricia ha vivido en muchas oportunidades, esas caras con las que sueña y otras veces las ve frente a ella al cerrar los ojos, son seres que le exigen justicia, que pague por hechos, que ella no recuerda, pero los recordará, seguro los recordará y hasta tanto, seguirá en coma, inconsciente, por decisión del tribunal místico del cual forma parte el hermoso ángel que la pasea por su pasado, bien como mujer, o cuando encarnó en hombres. Todas esas ocasiones, son parte del itinerario de ese largo y sorpresivo viaje de la hoy Patricia la del ataque histérico que termino en desmayo, y luego en un coma,

Ella allí inconsciente, que ve caras, que está en un viaje fuera de su cuerpo, no sabe, no le han dicho, ya se lo dirán, qué en sus vidas, cometió los 7 pecados capitales, se los recordarán, de eso se encargará el ángel que la acompaña. A Patricia le esperan muchas sorpresas.

7 PECADOS CAPITALES

LA SOBERBIA

Se libraban batallas, en aquellos tiempos de los países que buscaban libertad frente a sus invasores, quienes cargados de soberbia asesinaban hombres, mujeres y niños, época de los Vikingos, y ahí allí está ella, transformada en uno de esos nórdicos fuertes, de cuerpo y espíritu con ansias de poder, de conquistar y en ese afán acompañado de un buen número de guerreros, arrasan con todo a su paso, tienen hambre de tierras, de conquistar más y más territorios, y al frente de esa ambición de poder y riqueza esta ella, su esencia, es el líder, el temeroso Leif, hombre con ojos verdes, pelo colorado y una altura que atemorizaba a sus adversarios.

Leif y su puñado de guerreros, no descansaban en su afán de engrandecer su poder, su dominio y cada vez más se llenaba de soberbia al punto que aquel guerrero que se negaba a actos crueles con niños y mujeres, inmediatamente era pasado por el filo de sus armas, aumentando el temor en los demás y así aquellos hombres convertidos en unos barbaros, sin conciencia, sin piedad, se transformaban día a día en una competencia de quien complacía más a su líder Leif, permitiendo así el aumento de su poder en tamaño de territorios, riquezas y cautivos parte importante de su población.

Patricia, horrorizada veía aquella su vida en los siglos IX y X, mirando a su gigante ángel, su guía, sintiéndose avergonzada y la razón de su viaje por lo que fue su vida pasada.

Pero, la historia como Leif, no termina en ese reconocimiento de ella en tan terrible y soberbia vida, le restaba mucho más que ver de esa época nómada que a fuerza de sangre inocente y barbaridades contra la humanidad, se hizo de un gran poder y nombre que trascendió por mucho tiempo.

Leif, necesitaba mujeres, muchas mujeres, no solo para satisfacer a sus hombres, sino como esclavas, como sirvientes de todos y como madres, se requerían de muchos futuros guerreros.

Sitio que atacaban con saqueo y muerte, lo dejaba sin mujeres, y su fama se continuaba extendiendo por esos territorios nórdicos.

Fueron años de luchas, conquistas, abusos, crímenes, secuestros de cuanta mujer se conseguía en su camino.

Fue esa una de las tantas vidas pasadas de Patricia, quien mientras visitaba en este su viaje astral a tan particular época como Leif, líder vikingo, hace grandes esfuerzos por despertar de ese trance, pero le era imposible, a ella le restaban muchas otras vidas pasadas donde dejo huella y no precisamente como ejemplo, así que aquella primera cara frente a ella al dormir, o cerrar sus ojos, no será la única, a ella le faltaba conocer quiénes son esas otras tres representantes de aquellos días. Así que su viaje astral continuará y no sabe ella misma lo que fue en esos tiempos y la razón por la cual sigue en estado inerte.

¿Cómo terminó Leif? ¿Llegó a pagar en vida alguno de sus actos de soberbia, poder y ambición?

Es la pregunta que hace Patricia a aquel hermoso ser alado, con inmensos ojos que le sonríe y la lleva a dar un paseo por ese mundo tan diferente al real donde ella yace inconsciente, ese mundo fuera de su realidad, tal como la entiende, que es diferente totalmente a la realidad que verá, en esas otras vidas pasadas.

Mientras transita esperando la repuesta de cómo fue su final como Leif, el vikingo, Patricia observa luces de muchos colores danzando a su alrededor, perfecto y hermoso espectáculo, entre nubes aparece otro ser con alas, está vez con cara de mujer, que la lleva en su mente a aquel momento cuando ella está en brazos de su madre.

Es ella, su madrina, quien la amo inmensamente en este su mundo actual hace 27 años, es ella. Su madrina está en el cielo, es uno de sus ángeles, de esos seres que llegan al mundo astral a disfrutar de la paz, felicidad y armonía que se merece por justicia divina.

¿Por qué se me aparece? Se pregunta y aquel ángel que la escucha, le responde con voz melodiosa, "al final de tu viaje lo sabrás hija mía".

Ese hermoso ángel, ya en su sitial correspondiente en ese mundo maravilloso de paz, felicidad y armonía, se desvanece y mientras lo hace, sonríe a su ahijada.

Nuevamente frente a su ángel gigante, a su guía, le manifiesta la alegría que ha sentido al ver a su madrina convertida en un encantador ángel, en ese momento lagrimas caen en sus mejillas pensando que sus vidas pasadas no han sido lo mejor, Patricia sintió un arrepentimiento profundo.

Continuemos tu camino Patricia, mira cómo fue tu final en ese tiempo de nórdicos adueñándose de cuanto territorio deseaban, mira ahí está el fin de tu soberbia y ambición, le señala ese maravilloso hombre alado, con sus ojos verdes, su altura y su suavidad al llevarla por ese mundo astral donde quedan recuerdos, hechos, penas y condenas. Allí estas Patricia mira cómo terminaste, ¿de qué valió la vida que te fue concedida?

Se abre un círculo color verde frente a ella, algo así como un portal, allí aparece Leif, Harald Hardraade y varios otros líderes vikingos, organizando la invasión a Inglaterra como punto de quiebre de la Europa de esos años con su ambición y soberbia característica avanzaron hacia una batalla definitiva, allí los esperaban las tropas del rey Haroldo II, muy superiores en números y destreza derrotando de manera contundente a los nórdicos.

Así, vio Patricia como fue su final en esos años, algo inesperado, algo que se creía sería una victoria rápida como las anteriores y a las cuales estaban acostumbrados.

Fue una situación inesperada, un ataque brutal de los ingleses, a los pocos minutos ellos dan la voz de retirada con una mortandad lamentable.

Entre ellos, está Leif, de nada le valió su soberbia, su carácter represivo contra su propia gente y su fama de vikingo poderoso.

Terminó su vida con muchas muertes en su conciencia, en su haber ser, además de los crímenes a mujeres, niños y ancianos que se atravesaban en sus caminos.

En pocas palabras, en esa vida Patricia dejo un cumulo de penas que pagar, mucho karma en su vida, tanto como en otra más que irá descubriendo a medida que aparezcan esas caras que ya sabe es ella misma en épocas anteriores, esas que ahora le exigen cuentas por pagar, allí en estado inconsciente esperando la justicia divina que decidirá si la mantienen en el limbo mental, regresarla a su vida actual o definitivamente su vida culmina, llega hasta este momento.

Ella está aterrada, quiere regresar a su vida normal, afianzarse en el amor de su esposo, teme que ese viaje la lleve a peores acciones aumentando sus deudas con la vida, con el universo y no se siente capaz para responder, para dar el frente en tan duras y complicadas vidas anteriores.

Ya la decisión está tomada, de ese limbo mental y físico en el cual se encuentra no saldrá aún, le falta mucho camino por recorrer, las acciones se pagan o agradecen y avanza o se retiene, y en el peor de los casos, le ponen fin significando que pase el tiempo que pase, volverá a llegar al punto donde se le aplique justicia.

Por mucho empeño, esfuerzo y deseos que tiene para volver a su tiempo, con su esposo, ya Patricia está en ese viaje sin retorno, tan solo el ser superior decidirá su destino, dependiendo de ella, solamente de ella, que debe reconocer el fatal recorrido sin haber tomado conciencia el daño que fue dejando a pesar de las tantas oportunidades que tuvo con una vida, y otra y otras más, llegando a este punto con un karma inmenso que debe darle su punto final.

Allí, Patricia luce yerta, casi vegetal, pero no es así, ella íntimamente llora, pide a gritos la regresen a su vida, los ve a ellos, su esposo, los dos médicos que la tratan y a sus padres, los ve, les grita, pero sin repuesta, ella vaga por aquel cuarto cuando nuevamente se encuentra entre luces, como en el aire con caras de una especial felicidad.

ENVIDIA

Ella continúa su viaje, aquella primera cara convertida en el bello ángel que la guio a una de sus épocas iniciales, ha dado paso a esta otra en diferente época, es mujer, muy hermosa, elegante integrante de la corte de María Antonieta, emperatriz de Austria, y reina de Francia, allí cumplía un papel muy importante estaba entre las 5 más cercana a la soberana gozando de algunos privilegios como fue formar parte de sus acompañantes en los variados viajes para descansar, divertirse o sencillamente para disfrutar de nuevos amantes.

Allí estuvo en su esencia esta Patricia de ahora que busca desesperadamente salir de ese limbo físico y mental, pero se ve atrapada por sus anteriores vidas, donde no fue todo lo que de ella se esperaba a pesar de haber sido parte de momentos especiales en la historia, por lo tanto ese mundo astral donde ha sido arrastrada, le muestra sus acciones y consecuencias que la obligan a reconocer sus errores dependiendo de eso para decidir su futuro, mientras allí están sus padres y su esposo buscando traerla de regreso a sus vidas desconociendo lo que en realidad vive ella en ese profundo mundo que le conoce todos sus pasados llegando la hora de rendir cuentas y en eso está en ese momento como parte del séquito de una de las reinas más famosas de la historia donde cumplió un rol bastante desagradable al momento de escribir su historia, su corta existencia como soberana del país más fuerte en ese momento en la Europa de entonces.

Patricia, en ese siglo XVIII, exactamente en los años 1.780 y 1.792, formó parte de esa compañía privilegiada que acompañó a la duquesa de Austria y Emperatriz de Francia, con el nombre de Sofia, siendo una mujer hermosa, alta, elegante, llamando la atención en aquel desfile de hombres que servían a la soberana en sus caprichos de toda naturaleza.

Sofia, escondía muy bien su espíritu maligno, envidioso, logrando sus fines al no permitir la felicidad de esas compañeras, tan hermosas como ellas, pero sin malicia, sin envidia, hacia todas esas que seguían los pasos de la reina María Antonieta.

En aquellos bacanales que organizaba la reina, bien en su palacio, como en las diferentes mansiones en la zona de descanso, sobre todo en verano, acudían muchos invitados masculinos seleccionados por la propia soberana, entre ellos los más guapos, seleccionaba a su pareja de turno, así se divertía la hermosa y muy joven María Antonieta.

Muchos de esos jóvenes, también compartían esos días de alegría con las bellas damas de compañía de la reina, entre ellos, hubo uno en especial, Nicasio, quien siendo hermoso varón, con pelo y ojos castaños, de fuerte contextura y de agradable trato, pero no gozaba de la preferencia de María Antonieta por su baja estatura, hecho que a él le favoreció al no entrar en ese grupo de amantes de la reina, cuando sus deseos eran conformar su propia familia, siendo huérfano de padre y madre, criado por un señor caritativo que lo acogió y crio como uno más de los suyos.

Ese hecho, marcó a Nicasio quien deseaba con todo su corazón un hogar propio con esposa y madre de sus hijos y estando entre los consortes de la reina sería imposible.

En ese verano, tenía marcado su destino, allí entre esas bellas jóvenes estaría ella, la chica de sus sueños a quien esposaría para comenzar su nueva vida, la familia que tanto deseaba.

Efectivamente, Nicasio esa tarde disfrutando de una grata conversación con otros chicos estando en uno de los jardines más lindos de esa estancia real, le fue presentada Esther la joven de unos 17 años blanca con pelo y ojos negros, con una sonrisa sincera que agradó al también joven consorte quien contaba con 19 años. Lo mejor para él: es una chica de su misma altura, con un cuerpo frágil, delgado, tal como exigía María Antonieta.

Esther saludó con inclinación de su cuerpo, como era la costumbre y el protocolo de rigor, y de inmediato Nicasio abrió espacio en el sofá invitándola a sentarse a su lado.

Como ese acercamiento hubo otros más, unos por casualidad, otros provocados por él quien la ubicaba para conversar y conocerla mucho más.

Eran días de poco tiempo para dormir, mucho para disfrutar de esos bacanales de la reina o soberana de Francia, allí entre esos días que pasaban demasiados rápidos, se encontraban ellos: Nicasio y Esther quienes poco a poco, cargados de ilusión se enamoran, siendo un romance a escondidas, jamás María Antonieta permite que sus consortes tengan contacto con sus chicas, ni con otras, ellos eran exclusivos para la exigente reina.

A escondidas se veían, se besaban, aumentaba el amor el uno por el otro, y fueron tantos los momentos que buscaban para verse, que en uno de esos jardines cerca del bosque, los vio Sofia, llenándose de envidia por la conquista de su compañera Esther, mientras ella mucho más linda y atrevida, no lograba conquistar a uno de esos caballeros, todos con la mirada en la reina, esperando recibir su beneplácito y disfrutar de todos los privilegios que podían aspirar.

Llena de envidia, Sofia desde ese día, se propuso conquistar a Nicasio, ocultando que ella conocía de su romance con la linda Esther.

Si algún don tenía Esther es su capacidad para maquinar, tramar o planificar estrategias que la llevaran a lograr algún beneficio para ella.

Así que pensó bien su plan: acercarse a Nicasio poco a poco, ocultar que conoce su romance con la linda Esther, mientras que a Esther no le manifiesta saber de su secreto amor.

Es decir, Sofía actúa indiferente antes ellos dos, mientras avanza en su conquista para ganarse la atención y el amor de Nicasio, para nada le interesa él como hombre, sus gustos por ellos son muy diferentes a Nicasio, lindo sí, pero le falta viveza, experiencia y astucia, que es lo que a ella le sobra.

Ella solo desea quitarle el novio a Esther porque envidia, no soporta que tenga un amor, y en ella nadie se ha interesado. Solo por hacerle la maldad a la juvenil y buena Esther, actuará en su plan de conquista. Al lograrlo, lo desechará.

En la ocasión de estar reunidos en el lugar de siempre junto a otros chicos, ella esa tarde, le asignó a Esther una de sus labores, según por decisión de la reina, y esa tarde tenía a su cargo vestir y arreglarla para la fiesta programada para las 6 de la tarde.

Ese día, así fue, Esther sin poder explicarle a Nicasio que no podría ir a su encuentro, atendió a María Antonieta desde tempranas horas.

Al lugar de costumbre, estando Nicasio como siempre esperando a su chica a Esther, apareció Sofía, la astuta, inteligente y mala persona, para hacer lo que le venga en ganas y esa no es otra cosa que enamorar a Nicasio, y quitar del camino a la humilde e incauta Esther.

Así fue, al llegar al lugar indicado, Sofia haciéndose la sorprendida con la presencia de Nicasio, preguntando si estaba perdido o sencillamente alejado buscando un respiro, un descanso, respondiendo él, temeroso le descubrieran su romance con Esther, contestó que realmente deseaba estar solo, apreciar el paisaje y relajarse de todo eso ir de una fiesta a otra.

Igual yo, le responde la astuta Sofia, buscaba un retiro, un lugar tranquilo, pero que casualidad, le agrega, estás tú aquí, son encuentros del destino, comenzando su conqueteo con él, quien para disimular le sonreía.

Se sienta a su lado e irónicamente le pregunta, ¿esperabas a alguien?, No, a nadie responde Nicasio de inmediato, nunca deben saber que está enamorado de la bella Esther, la perjudicaría a ella y desconoce cuál sería su castigo al desobedecer a María Antonieta, así que con seguridad niega ese encuentro y le cambia el tema a la irónica Sofía,

¿De qué o de quién vienes a esconderte aquí?, pregunta él, de nadie, le responde, tal vez te buscaba a ti, sorprendiéndolo, respondiendo con otra sonrisa. ¿por qué? ¿me conoces?

Si, le respondió segura de sí misma, te he visto varias veces por allí, y para que veas como es el destino, hoy por casualidad te encuentro aquí.

Con esas repuestas insinuantes, Nicasio se levanta de su lado, camina unos pasos, bueno nos vemos, voy a trabajar y sin esperar respuesta, se aleja rápidamente de allí y apresurando su paso marca distancia y se acerca al grupo de otros chicos a la entrada de ese jardín.

Ella sonríe irónicamente, la primera parte de su plan funcionó, ahora se dirigirá a Esther para contarle ese "casual" encuentro con Nicasio.

La buscó en el salón donde se reúnen y como si fueran grandes amigas, se sentó a su lado, hablaron de una cosa y de otra, de la próxima fiesta de la reina y sus nuevos invitados y allí aprovechó y le contó sobre un encuentro "casual" con un chico de la reina, que dijo llamarse Nicasio, conversamos un rato, es bello, me agradó, con su habitual ironía, le agrega que cree que ella también le agradó,

Esther sin demostrar mucho interés, le pregunta ¿por qué hizo eso? cuando sabe que tienen prohibido hablar con ellos.

Fue un encuentro casual, cosas del destino, a lo mejor teníamos que conocernos, le responde la envidiosa de Sofía con una sonrisa de triunfo ante Esther el verdadero amor de Nicasio.

Desde ese día, Sofía perseguía a Esther, unas veces a escondidas, en otras la acompañaba como una amiga más y así controló los encuentros entre ellos, en tanto ella continuaba con sus insinuaciones con él al verse en los jardines, o en el comedor, o sencillamente en los pasillos de aquel pequeño palacio para el verano.

Ya habían pasado dos semanas y Esther sin poder encontrarse con Nicasio, estaba muy preocupada de solo pensar que él nada sabía del trabajo que últimamente le asignaban, sin sospechar que todo formaba parte del plan de Sofía para impedir ese amor que como ella no lo conseguía, tampoco será para Esther, no lo permitiría.

Así la situación, Esther le escribió una carta a Nicasio explicando las pocas oportunidades que tiene de ir a su encuentro, Sofia quien se ha ganado su amistad, no la desampara, no le da chance, pero que ella lo quiere ver, pero nunca está libre de su compañía.

Por su parte Nicasio, deseaba estar con ella con Esther, la chica que se ganó su corazón y le preocupaba el no verla y día a día acudía al lugar del jardín donde se veían, pero quien está allí es Sofía y con ella no desea ni hablar.

Sofía cansada de no lograr un mayor acercamiento con Nicasio, le atacó más fuerte el celo y la envidia contra Esther buscaba el momento para sacarla del grupo de damas de compañía de la soberana, entonces, planificó un nuevo plan para excluirla del grupo.

Efectivamente, Sofía tomó dos de sus mejores collares, los guardó en el cofre de Esther acusándola de ladrona, de mala compañera, siendo la causa para no solo sacarla del grupo, sino de apresarla por el delito de robo.

Ese hecho, fue el fin de la relación de Esther y Nicasio, al no poderse ver más, y él debía evitar ser acusado de cómplice.

Sofía logró lo que quería al sacar a Esther del amor de Nicasio, pero nunca logró su amor, él se dedicaría a demostrar la inocencia de su chica, hecho que no logró, y ella fue enviada a las horribles cárceles en esa era de María

Antonieta, donde un año más tarde murió por tuberculosis, contagiada en ese ambiente insalubre.

Patricia, era esa Sofía, la esencia qué en lugar de corregir su error en la época de los Vikingos, continuaba causando daño a personas inocentes aumentando su karma.

Y a lo largo de sus tantas vidas, con la misma actitud, las mismas causas para seguir vagando en ese mundo oscuro, en esta oportunidad le llegó su hora, ya no se le concedería otra oportunidad, allí seguiría inerte, en su cama solo escuchando voces, pero nadie la escucharía, en tanto entraba y salía en ese viaje astral encargado de mostrarle su realidad, su alma, mientras los médicos especialistas que la tratan no entienden que sucede, sus signos vitales están estables, normales, pero su conciencia no vuelve y aun tampoco pueden pensar en declararle en estado vegetativo, porque sus fluidos son normales, sus latidos son normales y sus reflejos también.

Es un caso que escapa de las manos de médicos, esto es otro nivel, otras energías, habrá que buscar ayuda fuera de la ciencia, personas que manejen lo paranormal, así se lo expresan a su esposo y a sus padres, quienes se miran desconcertados por aquellas indicaciones de los encargados de la ciencia, los especialistas en casos como el de Patricia, prácticamente "tiran la toalla", que sus familiares decidan, ellos hicieron hasta donde la ciencia llega, ahora entra Dios, le dijeron así bien claro a sus padres y marido.

¿Buscar a un psicólogo que maneje lo paranormal? Se preguntaban los familiares de una Patricia desesperada viajando entre portales y dimensiones haciéndole ver las fatídicas vidas en las tantas veces que tuvo la oportunidad de enderezar sus acciones, corregir sus pecados y en fin que se le terminó el tiempo, las oportunidades, ahora debe conocer su realidad, todos los pecados cometidos, todas las violaciones a las leyes de los humanos y del mundo divino.

LUJURIA

Mientras sus padres: Juvenal y Elia, deciden junto con Antonio, el esposo desesperado, deben decidir sobre buscar un paranormal que recomiendan los médicos para revisar su caso, Patricia entra nuevamente en su mundo de caras que no son otras que esos con quienes tiene deudas morales que pagar por su actitud pecadora y cruel.

Cuando dando pasos inseguros en un ambiente hermoso, donde se siente una paz indescriptible, con un silencio que le permite concentrarse en aquellas vidas, nada halagadoras por el contrario, con fuertes señalamientos a su comportamiento, a esas vidas suyas alocadas, cargadas de vicios, de pecados, de violaciones a lo humano y a los divino, aparece en una mansión, hermosa, bajando una escalera tipo caracol vestida con un traje azul largo hasta los pies, descalza, despeinado su pelo rubio y muy largo, que la hacen ver como una diva, una verdadera diva, una mujer millonaria y dueña de esa mansión, parece una prostituta de un cabaret cualquiera de los años 50 donde se bailaba el tango, baile exótico y afrodisíaco provocando el éxtasis de hombres y mujeres.

Si, Patricia, es Filomena en esa otra vida. viuda, pero siempre acompañada de uno de los hombres que acuden a su Cabaret "La Sirena", ganándose el apodo de la "insaciable" por no decirle la ninfómana.

Filomena, era una humilde secretaria en una empresa de publicidad, que a su vez manejaba el periódico "Al Dia", empresas donde laboró por unos 5 años cuando su dueño el señor Pablo Linares se enamora locamente de ella por ser una mujer hermosa, con cuerpo de modelo, cara de princesa, pero sobre todo audaz e inteligente y logró conquistar al jefe, al punto de casarse con ella, luego del divorcio de él con su esposa y madre de tres hijos.

Su matrimonio duro 8 años, siendo un señor de 70 años y ella con apenas 27 y muy ardiente en el momento del sexo, agotó rápido las fuerzas y energías del señor Linares, quien amaneció muerto con un infarto mientras dormía.

Por el testamento que dejó, ella heredó la mitad de su fortuna, la otra mitad para su primera esposa y sus tres hijos, a quienes les regaló hermosas casas en la mejor zona de la ciudad, así con esa distribución no hubo reclamo alguno, sin complicaciones, cada uno de los herederos tomaron la decisión adecuada.

Siendo viuda, le dio rienda suelta a su apetito sexual, compró ese Cabarét que más que un salón para beber y bailar parecía un prostíbulo, con parejas por doquier haciendo el amor a su libre albedrío.

Ella, con el más apuesto de los hombres pasaba de noche en noche, la   lujuria la sobrepasó, de aquella secretaria recatada, humilde, hermosa, pero tímida dentro de su capacidad e inteligencia, nada ha quedado, ahora es esta mujer que a sus 35 años se mantenía hermosa, con un cuerpo envidiado por muchas mujeres, desbocada en su afán de sexo y más sexo.

Con parte de su fortuna adquirió ese Cabaret para desahogar su pasión: el sexo. Desbordar la lujuria escondida en su interior por años y años, cuando a la edad de los 12 años despertó en ella esa sed sexual, que fue controlada con la visita a numerosos psicólogos que la trataron quienes al final cedieron y fue cuando sus padres la llevaron a la iglesia y buscar su saneamiento a través de la oración y charlas en los grupos de apoyo sobre la misma situación en hombres y mujeres.

Fue allí donde Filomena consiguió un poco de control en su problema, recomendándole conseguir un trabajo alejado de licores, tabaco, drogas y demás.

Así bajo la guía y tutela de dos buenos sacerdotes católicos, Filomena mantuvo su vida normal por unos años, recayendo en ello a la muerte de su esposo a quien dicen falleció a consecuencia de ella y su adición al sexo.

Al pasar dos años, el Cabaret fue más famoso allí acudían hombres y mujeres ávidos de sexo, licor y finalmente a la droga terminando en el antro más conocido y grande no solo de la ciudad, sino de la región y así ella y muchos de sus parejas que se pudieron contar en cientos, terminaron con enfermedades venéreas que se contagiaban fácilmente.

De ellos unos 20 fallecieron a consecuencias de una de esas enfermedades, de la cual no escapó la propia Filomena quien terminó destruida física y mentalmente.

Siendo una mujer inteligente, millonaria, hermosa y de agradable trato pudo haber sido un ejemplo para su familia y para la sociedad, no fue así, fue todo lo contrario, terminó señalada como una prostituta, enferma de ninfomanía y quien contagió a muchos hombres y también mujeres considerando que en sus últimos años dentro de ese mundo oscuro mantuvo relaciones con lesbianas, siendo ella misma una más.

Así fue la vida de Patricia, en esos años 50-60 en la persona de Filomena, siendo una de las tantas caras que día a día veía al cerrar los ojos, al dormir o soñar.

Nada fácil para ser juzgada, perdonarla y regresarla a su vida, sacarla de ese coma y ofrecerle una oportunidad para reparar tanto daño a su propia vida y a cientos de ellas que han quedado en el camino.

Juvenal y Elia, los padres de Patricia y Antonio su esposo, deciden acudir a un señor que lo señalan de paranormal,

Preguntando a varias amistades, a Antonio le hablan de un señor que vive en las montañas, según buscando tranquilidad, paz y silencio.

Igualmente lo visitaran considerando que los médicos de la clínica no consiguen la causa de su coma, por lo tanto, no saben cómo sacarla de ese limbo, entonces ¿qué se puede hacer, cuando no hay medicamentos para tal situación? Sencillamente acudir a lo paranormal, a personas como el señor Freddy Bustamante, a quien por lo menos escucharan y dará su opinión.

Freddy Bustamante vive en las colinas de Valle Alto, a la salida de la ciudad, allí cualquiera le dirá donde vive, es muy conocido, le señala uno de sus amigos a Antonio, quien ya está muy preocupado por su esposa.

Patricia, ajena a los esfuerzos que hacen sus familiares, continúa en ese hermoso lugar llamado mundo astral, donde la están juzgando porque ese "estado de coma" no es de gratis, tampoco por su ataque de histeria, ese fue el camino para llegar a su subconsciente sacarla de allí y elevarla al lugar donde se encuentra, en ese viaje que realiza luego de la petición de quienes representan los 7 pecados capitales que no son otros que las cuatro caras de hombres y 3 de mujeres que ella a lo largo de su vida adulta las ve en sueños y al cerrar sus ojos.

Aquella mujer hermosa y solicitada por hombres y mujeres, fue perdiendo su gracia y su figura, con el pasar de unos años, cada vez necesitando más y más medicamentos, hasta su mente se afectó y siendo considerada loca, hasta por aquellos que antes la perseguían y adulaban al cansancio, la fueron marginando, su locura aumentaba y con ellos el consumo de drogas y licor, cuando en una de esos bacanales celebrando un nuevo aniversario del Cabaret, Filomena cae al piso de manera repentina y al ser atendida, quien le pone la mano en su cuello buscando sus palpitaciones, le grita al resto de aduladores a su alrededor, que está muerta, Filomena con tan solo 38 años está muerta, su ninfomanía que la llevó a convertir en una demente, y finalmente agotó su organismo con sus vicios, terminó en el suelo de su negocio, rodeada de hombres y algunas mujeres, tal vez como ella hubiera deseado al morir, allí estaba, sin vida, toda su alocada vida llegó a su fin y para colmo, aquellos caballeros y las mujeres que colmaban el Cabaret, salieron rápidamente, la dejaron sola allí en el lugar donde ella pasaba la mayoría del tiempo, en el suelo de lo que fue el centro de diversión para ricos y pobres, para hombres y para mujeres, para políticos y empresarios, todos esos disfrutando de la lujuriosa Filomena.

Pasaron dos días para que las autoridades se percataran de su muerte, su cuerpo saturado de alcohol y droga aún estaba intacto, sin asomo de descomposición, así en cualquier lugar, en cualquier cementerio fue sepultada sola, totalmente sola, solo los encargados de los entierros estaban en el sitio.

Triste final para la mujer que no solo disfrutó su vida entre lo normal en la vida de una chica, los mayores placeres que ofrece el dinero y una personalidad indefinida como la de ella, sino también que contó con grandes recursos económicos para llevar una vida normal, feliz y en paz con ella y con el resto de la humanidad a su alrededor.

Así termino Patricia, en esa vida como Filomena y ella en ese mundo astral donde viaja y se ve en sus vidas, se lamentaba, frente a aquellos hombres y mujeres que le exigían cuentas, se lamentaba una y otra vez pidiendo perdón, una y otra vez. Jamás se imaginó que así fueron sus vidas anteriores, ella con una educación básica como cristiana, desconocía que antes de estar en ese mundo de hoy, se viven muchas otras en diferentes tiempos y espacios.

De los 7 pecados capitales que cometió en sus anteriores vidas, ya la han señalado tres: Soberbia, Envidia y Lujuria como mujer, que horror le dice a aquel gigante ángel que la guía en ese viaje astral, jamás haría eso señalando que de volver a esos días, a esos tiempos, sin querer justificarse ante él, enfatiza que la misma situación en la cual se vio envuelta, mucho tuvo que ver, las circunstancias que la rodearon , eso no me disculpa, le continuaba diciendo, pero es la verdad, el ambiente de esos tiempos se prestaba para cualquier locura, porque había que sobrevivir y eso fue lo que hice.

Aquel ángel la escuchaba y no podía creer que ella misma se justificaba, buscaba la excusa para ser eximida de culpa al ser juzgada por aquellas fuerzas espirituales miembros del tribunal de justicia que reclama el pago del karma.

Ella tiene hasta los momentos más hechos malos, que hechos buenos, con la violación a los siete pecados capitales, razón principal para mantenerla en coma, en ese limbo, sin saber si será perdonada y regresarla a la vida terrenal, o mantenerla en ese estado por tiempo indefinido hasta pagar sus culpas. O definitivamente ponen fin a sus oportunidades, todo dependerá y se decidirá al terminar su viaje que apenas se inicia.

Su esposo Antonio, y su padre Juvenal, en su afán por liberar a Patricia de esa tragedia, de ese coma, salen en busca del señor Freddy Bustamante, el paranormal que le han recomendado,

Buscan el sector Valle Alto, en las afueras de la ciudad, no fue difícil, el chofer que los llevó sabía exactamente donde es y en cuestión de 15 minutos llegaron.

Al bajarse del taxi, echan un vistazo al lugar. Se ve tranquilo, las casas todas en orden, en línea recta sobre unas calles pequeñas, da la impresión de unas de esas localidades españolas que ven por las películas.

Le agradaron, a ellos dos, les agradó aquel sector, en realidad es tranquilo, se respira paz, serenidad y así que sin pensar más, se dirigen a una pequeña bodega en la esquina, la atiende una señora de mediana edad, agradable de trato, les da los buenos días, a la espera de la respuesta de ellos, siendo Juvenal el padre de Patricia, quien luego de saludar cordialmente, pregunta por el señor Freddy Bustamante y aquello obtuvo una repuesta inesperada, "él no recibe a nadie, así que no se molesten en saber cuál es su casa".

Juvenal y Antonio, se miran sorprendidos, pero entonces si vive por aquí, le dice uno al otro,

Perdone señora, pero sin saber la razón, ¿porqué, nos dice que no recibe a nadie?

Porque seguramente son ustedes unos periodistas que quieren molestarlo y él nos ha prohibido demos esa información, le responde la señora ya un poco alterada.

Disculpé, pero nosotros no somos periodistas, es necesario conversar con el señor Bustamante porque mi hija, su esposa, señalando a Antonio, está en estado de coma, los médicos no entienden por qué y nos remitió a él para consultarle, estamos agotando todas las posibilidades para sacarla de esa situación, le explica con palabras que se sentían sinceras que hice pensar a la señora.

Luego de unos minutos, ella los mira, haremos algo, confiando en esa historia que me han contado, ustedes vengan en la tarde mientras le pregunto a Freddy.

Si en verdad tiene deseos de ayudarnos, usted le pregunta, nosotros damos una vuelta por el sector que nos parece muy bonito y regresamos en una hora, le dice Antonio con cara de preocupación, agrega, mi esposa ya tiene así muchos días, por favor, señora, ayúdeme...

La señora llama a su esposo para dejarlo en la bodega mientras hará el favor a los señores, así se lo dice. Por su parte Antonio le agradece su apoyo.

Salen a recorrer ese sector, ambos callados, están realmente preocupados por Patricia.

En media hora regresan, ya la señora le tiene la cita con el paranormal, será al día siguiente a las 12 del mediodía.

Muy agradecidos, le compran algunas cosas en la bodega. Colmados de esperanzas regresan a la clínica y dan la información a uno de los médicos que la tratan. Así esperan ansiosos las 12 del mediodía del siguiente día.

GULA

Mientras la cita con Freddy Bustamante se concreta, Patricia continúa su viaje astral, ese no se detiene, ella lo sabe y sin esperar algún alivio a sus pecados otra de esas caras que le muestra aquel ángel guía, él le dice ese que ves allí, es la gula, uno de los pecados capitales más usuales entre los humanos y no podías ser la excepción.

Mírate, allí Patricia, ¿te ves? ¿te reconoces? Lo dice mientras señala uno de aquellos bacanales que casi a diario disfrutaban el emperador Nerón y sus séquitos, sabes ¿cuál de esos eres tú?

Ella recorre su vista por todo ese gran festín, entre todos, uno en especial, un hombre rudo, gordo, muy gordo, sin embargo, lo rodean hermosas damiselas, lindas, delgadas, solo comen frutas, sobre todo uvas rojas, y sí, ese gordo y nada bonito, es ella, disfrutando de comer y comer, con ambas manos, hasta grotesco se ve y desagradable a la vista.

Pues ese gordo y desagradable hombre, es ella, Tiburcio, preguntándose como pudo haber sido así, miembro de la realeza de Nerón, gordo, feo y soberbio tratando groseramente a aquellas chicas que lo adulaban, no por hermoso, o por familia de Nerón, sino por miedo, por necesidad, tenían que soportar sus groserías, malos tratos y hasta desprecios para evitar ser asesinadas o enviadas a las putrefactas cárceles de Roma en tiempos del Imperio.

Sintió pena, Patricia sintió pena, en sus ojos y expresión, ese ángel guía, vio que en realidad lamentaba la tristeza de su vida durante años y siglos, sin embargo, así fue su realidad, una persona, un humano nada ejemplar no como hombre, ni como mujer. Ella está aterrada, con razón la tienen en ese viaje astral y entienda el por qué su estado vegetativo, su limbo mental y su coma profundo que ya desespera a su esposo Arturo y a sus padres Juvenal y Elia que no la han desamparado.

Ella no solo formó parte de esos bacanales, expresión genuina de la gula, de los excesos en comidas, bebidas y sexo ahí a la vista de todos, siendo custodiados por unos soldados que soportaban horas de hambre y sed, teniendo ante ellos comida y bebidas con exageración, sino que fue culpable de injustificados asesinatos por desobedecer ordenes o beber y comer sin la venia del emperador o algunos de ellos sus séquitos.

Allí también estuvo la mano de ella, resaltando la muerte de un anciano de unos 60 años, qué al desmayarse por cansancio o inanición, rodó por las escaleras terminando a un lado de él, Tiburcio, como se llamó en esa era la hoy Patricia, y le derramó la copa de vino que tenía en sus manos.

Eso fue suficiente para matarlo con la espada de su guarda espalda principal mientras todos reían por el "espectáculo" del anciano.

Qué horror, le gritó Patricia al ángel guía, tapándose la cara con las manos por la pena y vergüenza de ella: Tiburcio, un hombre desagradable y asesino.

Fue tanta la vergüenza y pena que ella sintió, que su cuerpo terrenal, allí en la cama, se movió, sacudió las piernas, creyendo Antonio que reaccionaba y salía del coma llamó a los médicos quienes acudieron rápidamente y luego de examinarla negaron con la cabeza su despertar y tan solo dijeron: fueron reflejos, solo reflejos, manteniendo la incertidumbre en ellos, su familia.

En esa bacanal, donde asesinó al anciano de 60 años (edad muy avanzada en esa era), Tiburcio, no conforme con esa brutal acción, hizo desnudar a dos damiselas de las más jóvenes con unos 15 años, para mostrar a todos quienes serán sus próximas dos mujeres con quienes tendrá sexo. Josefina, una de ellas, sintió tanta vergüenza, que se acercó a uno de los soldados, le arrebato la espada que tenía en el cinto y se suicidó frente a todos.

Aquello fue el fin de la bacanal, A Tiburcio le ordenó Nerón se retirará de inmediato y quedó excluido de los próximos festines.

Encerrado en su alcoba, quedó Tiburcio por unas dos semanas, no recibía alimentos, tampoco agua, como castigo ordenado por el emperador sirviendo de ejemplo a los demás invitados a los acostumbrados comensales del emperador.

Pasada las dos semanas su vigilante recibe la orden de abrir la puerta y ver ¿cómo se encuentra?

Tiburcio agonizaba en su cama, había rebajado de peso sustancialmente, se le comunicó a Nerón, quien personalmente fue a su cuarto, ellos eran primos, y la sorpresa fue grande. lucía delgado, demacrado y con dificultad para respirar.

Nerón al verlo en esas condiciones sabía que moría, dio las instrucciones respectivas, le dio unas palmadas en el hombro y se retiró.

Efectivamente al día siguiente murió. Ya su funeral estaba listo, es decir el cajón para enterrarlo en el cementerio de la gente del pueblo. Sin ningún protocolo, ni despedida especial, él terminó como uno más de los mortales romanos.

Ese fue el fin de Patricia en esa vida pecadora entre la gula y la soberbia, en la persona de quien sin compasión alguna vivió y sin compasión alguna lo trató la vida en sus últimos momentos.

Aterrada y apenada termino Patricia al ver su vida en ese entonces cometiendo el pecado de gula, otro más de los pecados capitales que la mantienen en este estado vegetativo, pero que su actual familia, su esposo y sus padres desconocen lo marcado por el destino al momento de tomar la decisión.

Sigue su viaje, cada vez se muestra mejor ese mundo astral, tan hermoso, tan real, pero que el común de los humanos no lo conocen, otros no lo creen y al resto le es indiferente.

Patricia camina entre luces, con su ángel guía detrás de ella, son luces con un brillo muy distinto al de la tierra, esas luces parecen hablarle a quienes las creen seres vivos, almas puras, que esperan reencarnar en seres puros con nobles misiones.

Así los ve Patricia, a medida que avanza en ese viaje donde se arrepiente de la vida desastrosa, terrible que vivió y que ahora le cobra todas esas locuras desconociendo el veredicto al concluirlo. Aún le restan paradas en ese viaje, en ese paseo de su vida cargado de sorpresas, aventuras y muchos pecados.

Para Antonio y Juvenal, les ha llegado la hora, son las 12.30 para la cita con Freddy Bustamante, el paranormal recomendado y tal vez pueda ayudarlos en la situación que presenta Patricia, la esposa y la hija de ellos.

Muy atentamente saludan a ese caballero, no es una persona mayor como la creían, es un joven que no debe pasar de los 24 años, agradable, blanco, de pelo negro y ojos color café, bastante agradable a la vista.

Señores ¿cómo puedo ayudarles? ¿qué desean saber? fueron sus palabras, y es Antonio quien le explica la situación de Patricia, desde el inicio con su ataque de ira, histeria que la llevó a un estado inerte, en coma y científicamente no saben la razón porque su cerebro no fue afectado, sus niveles están normales y sus fluidos también, razón por la cual los propios médicos les dijeron que la ciencia llegaba hasta ahí, que ahora entraba Dios y un paranormal los podía ayudar y es a usted a quien nos recomendaron, termina Antonio, ¿"será posible nos ayude"?

Freddy, se queda en silencio, ellos esperan, se entiende que así procede en esta situación, en casos como ése.

Los mira y dice: "tengo que ver a la señora, pero desde ya les digo, que ella está en un viaje, un viaje muy especial. No hay que preocuparse por los momentos mañana me buscan a las 12 del mediodía y me llevan donde ella".

Se despiden cordialmente, ellos salen satisfecho, el joven los convenció por la seguridad de sus palabras, pero Antonio dice ¿qué ella está en un viaje? Respondiéndose, bueno mañana veremos, algo contento, Freddy les agradó.

A las 12 del mediodía, allí estaban Antonio y Juvenal, los esperaba el joven Freddy Bustamante, al mismo llegar a la clínica, dijo, "si la señora está en un viaje", y continuaron caminando hacia la habitación.

En ese pasillo Freddy veía luces de todos los colores, solo él podía verlas, y allí se convenció que realmente aquella señora estaba en un asunto muy serio y él nada podía hacer, solo darle esperanzas a su familia y tener paciencia porque ella aun no despertará, no lo hará y los médicos tienen razón, científicamente nada pueden hacer, solo Dios y la misma Patricia una vez termine el recorrido que hace por sus vidas anteriores.

Eso de "vidas anteriores" no lo entendían Antonio y Juvenal, ¿cómo vidas anteriores? Ella se casó virgen muy joven, Antonio fue su único novio y ahora esposo, entonces a qué otras vidas se refiere Freddy.

Era largo de explicar, así que los invitó a su casa a tratar el tema que a él mismo le llama la atención porque son casos muy raros, debe haber sido que ella tiene karmas en esas otras vidas y antes de despertar recorre esos momentos conociendo lo que hizo, lo que fue.

Ellos, Antonio y Juvenal, escuchaban aquello y en verdad que nada entendían, nada aceptaban, son cosas que en la vida real no sucede, son solo palabras al viento de algunos para ganar simpatía o apoyo, pero aquello del "viaje" era algo inverosímil, nada creíble en la situación de Patricia.

Freddy les ofrece un café al llegar a su casa, en un ambiente al aire libre, en el balcón de su casa, que está arreglada perfectamente, todas las paredes en blanco, los muebles en azul, totalmente arreglada, nada fuera de su lugar, de inmediato se siente la armonía en esa casa pequeña, pero muy linda, provoca quedarse allí con esa sensación de paz y calma. Allí en el balcón hay tres sillas blancas muy cómodas, en el centro una pequeña mesa con un matero cargado de violetas, haciendo de aquel lugar algo muy especial.

Freddy les dice, cuénteme de Patricia, cómo es ella, en su carácter, creencias, todo lo que puedan decirme.

Comienza Juvenal, su padre le habla que es hija única, fue una niña dulce, inteligente desde temprana edad, tuvo una adolescencia y juventud feliz, buena estudiante y en fin una gran chica. Su madre y yo, no tuvimos problemas con ella en ningún sentido, creemos que Dios nos bendijo con una hija como ella, enfatiza Juvenal, resaltando su alegría y sus reacciones con hechos como su graduación en el colegio, luego en la universidad, en fin, Patricia una excelente hija.

En cuanto Antonio, su esposo también se volcó en halagos para su esposa   reconociendo que desde novios hasta los momentos con tantos años de casados no han tenido problema alguno, hasta el momento de su ataque de histeria tan fuerte que cayó en coma, sin saber científicamente por qué considerando que su cerebro está perfecto y todo su cuerpo también. Así le hablaba Antonio que por momentos se le quebraba la voz dando muestra de la sinceridad con la que hablaba.

Freddy se queda callado con los ojos cerrados, ellos Juvenal y Antonio, se miran, esperan callados con paciencia, están ávidos de saber que tiene y que se puede hacer para sacar a Patricia de ese trance, confía en ese joven que tienen por delante quien podría ser la salvación de ella.

Freddy estuvo así unos 10 minutos. Al abrir los ojos, tomó café con mucha calma y paciencia, pensaba cómo explicarles a esos dos señores lo que sucede si seguramente ellos no creen en lo paranormal, tampoco en otras dimensiones, mucho menos en el plano astral donde ella se encuentra.

Sin embargo, hace todo su esfuerzo y utilizando las palabras más sencillas les explica que efectivamente el caso de Patricia no está en los médicos la solución, tampoco en sus propias manos, que él los puede orientar para que entiendan lo relacionado al plano astral, donde ella se encuentra y no se sabe hasta cuando, igualmente los ayudará a entender por qué les habló que ella anda en un viaje, porque realmente así es,

Miren señores, les agrega Freddy tomando las manos de ellos dos, Patricia es un ser especial, en este plano, en este mundo, ella es un ser especial, pero no siempre fue así, y es ese pasado el causante de llevarla al coma, que no es un coma como tal, con su furia, lo que dicen ustedes un ataque de histeria, el mundo astral la absorbió, se la llevó y allí está conociendo como han sido sus vidas anteriores. Todo esto, señores, es muy complejo para ustedes, así que solo puedo decirles, que se tranquilicen, tengan paciencia, ella con medicamentos no reaccionara, hay que dejarla que cumpla el viaje en su totalidad y mientras tanto, les recomendaré algunos libros para que entiendan mejor el mundo astral y yo estaré aquí para orientarlos y apoyarlos. Mantenga la calma y la seguridad que ella regresará, pero no sabemos cuándo.

Con esas palabras, se despiden de Freddy con más confusión que claridad en el raro coma de Patricia. Por lo menos, dice Antonio, sabemos que clínicamente está bien, los médicos tienen razón, nada pueden hacer, cuando ella está totalmente bien en su parte física, ya eso elevándolo al plano espiritual, se sale de sus atribuciones y conocimientos.

Las conversaciones con Freddy Bustamante continuaran, lo que más tarde será una férrea amistad y aprenderán eso de los planes astrales, portales y esas cosas.

AVARICIA

Patricia pregunta a su ángel guía, si tiene algún nombre, y él responde: Conciencia, así me llaman desde el inicio del tiempo, por eso siempre me veías en tus sueños y al cerrar tus ojos, en este caso soy tu conciencia, te conozco exactamente y te estoy llevando por tu largo viaje al haber cruzado la línea con los 7 pecados capitales.

¿Tú nombre en verdad es Conciencia? ¿o eres específicamente mi conciencia?

Soy la conciencia de todos, le dice aquel ángel hermoso, con bellas alas doradas en este momento, pero en los anteriores casos han sido azul, verde y morado, según sea el pecado, o la reacción del mundo astral que tiene sus propias reglas.

Seguiremos tu viaje, le agrega Conciencia, ya con su normal sonrisa y amabilidad, la idea es que tú veas lo que has hecho con las tantas oportunidades que te han dado para vivir en el mundo terrenal y en esas tantas veces has desperdiciado la oportunidad de mejorar tus energías, tu vibración, hundiéndote en mundos oscuros, siete veces y estás en tu octava oportunidad, la última, veremos qué decisión toma el tribunal astral al concluir.

Mírate en esta vida, le dice el ángel, allí está Pedro Alvarado, el prestamista más conocido de la ciudad, tiene fama de avaricioso, tacaño y usurero permitiéndole amasar una fortuna millonaria con muchas propiedades robadas a quienes han sido sus clientes.

Melania Pérez, esposa de Jorge Pérez, son padres de tres hijos, Andrés de 14 años, Eduardito de 11 y Vivian de 7.

Era un hogar feliz, los tres chicos estudiosos, buenos y educados con sus padres, primos y amigos.

Andrés el mayor se inicia en el bachillerato, un joven alegre, de excelente presencia su cuerpo parece de un joven de 16 años y eso le permitió entrar al equipo de fútbol para representar al Colegio San Martín en los Inter escolares y de ganar iría al equipo nacional en la categoría Juvenil para representar a su país.

Ese es el sueño de Andrés, jugar fútbol en las ligas superiores, ser parte del triunfo y la Copa Internacional representando a su Patria, así que con gran dedicación y mística entrena todos los días y es un hecho será uno de los seleccionados.

Por su parte Eduardito, forma parte del equipo de química de su colegio. Lo de él es la ciencia, los inventos, el avance de sus propios conocimientos y llegar a descubrir la cura de enfermedades hasta el momento incurables.

La pequeña Vivían, su sueño es ser bailarina de ballet, y desde hace un año acude a la academia para prepararse en eso e iniciar el camino de las presentaciones y más adulta ser la bailarina principal en el lago de los Cisnes.

Todo va muy bien en la familia, Pérez, inclusive viajan al Caribe en verano y disfrutar unos meses del rico clima.

Todas esas ventajas y comodidades en ellos, sin saber que todo les cambiaría en unos meses más adelante.

En ese último paseo a la playa, por una temporada de 45 días, Jorge se sintió mal con dolores abdominales y subidas de la tensión, teniendo que regresar antes de lo previsto a pesar de las quejas de sus tres chicos, quienes entendieron la prioridad de atención para su padre.

El diagnóstico no fue nada halagador, Jorge debía operarse de inmediato y luego someterse a un riguroso tratamiento viéndose en la necesidad de abandonar su trabajo y en su lugar Melania, su esposa salir a trabajar.

Así comenzó la debacle en la familia, el tratamiento era muy costoso y con el solo salario de Melania no se podían cubrir los gastos rutinarios de la casa y el tratamiento de Jorge.

Así la situación, ella se vio en la necesidad de acudir al banco a un préstamo, que le fue negado al no reunir las condiciones mínimas exigidas, en su lugar un hermano le recomendó un prestamista que cobraba bajo interés, solo que tenía que poner una garantía y fue la casa de la playa, menos importante que su quinta en la ciudad, su hogar.

Los dos primeros meses fueron cubiertos, para el tercero no se logró, el prestamista hizo efectiva la fianza y se quedó con la casa de la playa donde pasaban sus vacaciones.

Jorge no mejoraba, los gastos de su tratamiento continuaban y así Melania acudió nuevamente al prestamista Pedro Alvarado y en esta oportunidad los costos fueron muy altos y la quinta ubicada en uno de los mejores sectores de la ciudad, fue la garantía y tal como en la anterior oportunidad Melania no pudo con la carga económica de la familia y se atrasó dos meses en los intereses que debía cancelar, le rogó al señor Alvarado le diera unos 30 días más de prórroga, pero se negó, lo de él es recuperar su dinero o adueñarse de la casa, la garantía en esa oportunidad y sin pena y con la avaricia que lo caracterizaba, una mañana se presentó con el tribunal para ejecutar el desalojo de los Pérez con tres menores, un señor gravemente enfermo y una esposa luchando sola para superar la crisis.

Ni el juez, ni el señor Alvarado se condolieron de aquella tragedia familiar y sacando los muebles y demás, los dejaron literalmente en la calle.

Quienes por allí vivían se condolieron de sus vecinos y les dieron apoyo, los tres chicos quedaron con el matrimonio Morales que aún no tenían hijos, en tanto Melania y Jorge fueron alojados donde los Montero en el cuarto de huéspedes.

Toda esa tragedia no le valió de nada al prestamista y avaricioso Pedro Alvarado, quien es Patricia en esa época en los años 80 y 90, cometiendo el pecado de avaricia, entre los pecados capitales.

Con esa realidad la familia quedó deshecha, al final Jorge muere a los tres meses más tarde en casa de un hermano donde se mudaron al perder su casa y el trabajo.

Los tres chicos se fueron a vivir con su mamá al quedar viuda, en la casa del tío quien sin hijos se integró bien a la familia de su cuñada.

Fueron muchos los casos de desalojo que ejecutó el usurero de Pedro Alvarado quien no pudo disfrutar todo lo robado a quienes les quitó sus propiedades al morir de un infarto a los pocos días del último desalojo, quedando su fama como usurero y despiadado prestamista.

Esa fue la vida de Patricia en esa época, el amor por el dinero y el buen vivir, la llevó a convertirse en una usurera, pecado que la llevó junto a los otros, a estar en ese momento en su viaje astral, sin salir del coma y regresar a casa.

Allí continuará, permanecerá un tiempo más en su viaje en la esfera astral según Freddy Bustamante el paranormal.

Patricia y Antonio tuvieron una vida muy particular, Patricia es hija única, su madre Elia no lograba salir embarazada, fueron muchos los médicos que la trataron, hasta el punto que no lo intentó más y sencillamente se resignó a su destino y así pasaron dos años cuando para su sorpresa salió embarazada sin saber cómo, pero así fue y luego de unos nueve meses totalmente normales, nació Patricia una hermosa niña con 3 kilos de peso y 53 centímetros, bebe que fue la alegría de ella y Juvenal quien también deseaba formar una familia con unos 4 o 5 hijos, pero al final se conformó con ella la hermosa chica que resultó después de cumplir sus 14 años, en una señorita en todo el sentido de la palabra.

Por su parte Antonio, también hijo único, fue producto de un riguroso tratamiento de su padre para que su esposa Teresa lograra realizarse como madre.

Unidos por un destino en común, estudiaron en la misma universidad, se trataron como compañeros de clases y de allí salió el romance que los llevó al altar siendo los dos muy jóvenes.

Esta vida de Patricia estuvo muy alejada de lo que fue en su pasado en donde cometió no solo los pecados normales, como desobediencia y mentiras, sino también los 7 pecados capitales que ahora le pasan factura y la mantienen en su estado vegetativo y según el paranormal, eso continuará por un tiempo más teniendo su familia que esperar con mucha paciencia y comprensión.

Estando en ese viaje donde ella ve muchas cosas que suceden en la vida real, se entera que aquella chica que conversaba alegre y risueña con Antonio, en verdad era una de las otras amantes de él y su ataque de histeria regresó a su cuerpo físico retorciéndose en aquella cama de la clínica, algo muy parecido a una convulsión y como tal fue catalogada por los médicos tratantes quienes ya no sabían cómo controlar la salud de ella.

Fue la propia Patricia quien controlo la convulsión regresando rápidamente a su estado de coma resignándose a aquella vida paralela que lleva su amado esposo.

Esa convulsión casi termina con su vida, y de haber sido así, el viaje que realiza para conocer sus vidas pasadas, se quedaría detenido conservando los pecados capitales que tiene en su haber.

Ella lo entendió rápidamente y actúo, reaccionó porque ahora es ella quien quiere terminar ese viaje, que el tribunal cósmico la juzgue y regrese a su vida a cumplir la pena, pero en vida y allí se verá la cara con su esposo.

Su ángel guía, que presenció todo aquello en la vida mundana de Patricia, le manifestó que por unos segundos en ese plano astral diferente al del planeta Tierra, ella no murió, que de haberse concretado seguiría penando su fatal pasado y ahora sumado al ataque de ira que terminó en esa realidad en la cama de una clínica.

Gracias que no te dejaste llevar de ese otro ataque de profundo coraje y rabia, le decía mientras recorrían aquel hermoso mundo colmado de paz, armonía luces y círculos de colores, portales, por todas partes.

Patricia, ese momento de Antonio y la chica en la farmacia, lo obvio, continúa de la mano de su guía en ese viaje a su penúltimo pecado capital que está anotado en su agenda de vida: la Ira.

IRA

Eso de la Ira, ya la conoce bastante Patricia, lo que antes en su colegio, en su casa o con sus amigas, le decían eran ataques de epilepsia, no era tal, sencillamente era la ira desatada en ella, como hija única, consentida y malcriada como fue sobre todo por su padre.

Uno de los casos de ira más patético, ocurrió en un acto de fin de curso. Todas las tardes al salir de clases ensayaban el baile de cierre, ella era la principal bailarina, no por sus méritos como tal, sino por insistencia de su padre, amigo del director del colegio que utilizó para influir a favor de Patricia quedando como la primera bailarina del grupo en el acto de cierre del espectáculo que tenían previsto para dentro de unos 15 días.

A pesar de los ensayos diarios, ella no lograba adaptarse al papel principal, tal vez porque su oído musical no es tan fino como debía ser.

Restando unos 8 días, el director musical del colegio el profesor Juan González, decidió que definitivamente ella no avanzaba en su papel como protagonista de aquel baile típico de su región y fue sustituida por otra compañera a quien precisamente ella no la tenía entre sus amigas por superarla en varias materias y ahora también en el baile.

Cuando el profesor González, le participó que quedaba fuera del papel principal y también del baile, siendo incluida solo en el desfile de entrada de todos los alumnos del salón, en otras palabras, Patricia fue excluida de todo, ya los otros actos previstos estaban listos para la presentación en unos 5 días. No había tiempo para más.

Patricia, en ese momento entró en ira, gritó, pataleo, rompió unas mesas del escenario, ofendió horriblemente al profesor Juan González y a la compañera que la sustituyó en el baile gritando que ellos eran amantes, y por eso la había escogido, otras ofensas más le gritaron enardecida y finalmente en ese ataque de ira también terminó en la sala de enfermería del colegio hasta lograr calmarse.

En esa oportunidad la maestra que la socorrió y ayudó a salir de esa histeria, les participó a sus padres que ella tenía problemas que deberían ser tratados por un psicólogo.

Sus padres, Juvenal y Elia, no acataron el consejo, ella seguía con sus actos de niña consentida que uno a uno se los perdonó, siendo el último ese que aun la mantienen en un coma, inexplicable, al agredir de hecho y de palabra a su esposo Antonio y a sus mismos padres a quienes catalogó como cómplices de las infidelidades de él.

En esa parte del viaje por su propio mundo astral, allí donde se guardan como un archivo especial y personalizado, todo lo que decimos, hacemos y sentimos, Patricia avergonzada no levantaba sus ojos para mirar a su ángel guía, solo pedía perdón, a cada momento tapando su cara con las dos manos y por momento lagrimas salían de sus ojos por pena y a la vez por arrepentimiento.

Solo acató decirle a su ángel gigante, ¿por qué ese seguimiento que le hacen a cada uno de los humanos, no se lo advierten? A través de sus padres o de sus maestros, o cómo fuera, pero que cada uno debía saberlo y no al final de sus vidas cuando no hay posibilidad de corregir tan fatales errores.

El ángel, responde, tú eres dueño de tu vida, tienes tu libre albedrío y como tal siempre debes actuar correctamente, sin caer en esos pecados, ¿qué reconocimiento podrás tener si te dicen exactamente cómo actuar?

Los pecados ya están escritos, de ti depende actuar en función de eso, ahora la repuesta o el acatamiento, está en tus manos. Tu actuaste a tu libre albedrio.

Ya has pecado suficiente y llegó el momento de pasearte por tus vidas y tus 7 pecados capitales que te tienen hundida en ese limbo que aún no sabemos si te dejaran salir o seguirás en el plano terrenal con el esposo, los padres y amigos que has escogido. Eso en manos del tribunal cósmico donde al frente está el Todopoderoso, quien todo lo sabe, ve y decide.

Freddy Bustamante el paranormal, tiene noticias para Antonio y Juvenal, pero espera que sean ellos quienes entiendan esa vida astral que ella realiza en estos momentos.

Para Patricia, es un interesante viaje y no son muchos los escogidos para esa experiencia tan especial.

Ella en sus vidas siempre fue hija única, siempre hizo su voluntad no importando las consecuencias, de allí que su libre albedrio lo gasto en demasía y sin pensar en las consecuencias, que es ahora cuando en ese viaje toma conciencia siendo demasiado tarde, sin embargo, Freddy ve su actual situación hasta cierto punto, y hasta cierto punto podrá decírselos a ellos, porque la vida astral es para cada uno y se juzga de la misma manera, no hay ni interferencias, ni preferencias,

Así que él, orientará a su esposo y a su padre, pero sin profundizar porque también allí debe considerarse la privacidad de ese viaje que aún no termina.

No es fácil para Freddy explicar ese mundo por donde viaja Patricia, algo que a pocos se les concede, es algo así, como un privilegio, una oportunidad más para recapacitar y reconocer las oportunidades que tuvo y desperdició, con la presunción que ella dependiendo del veredicto del tribunal cósmico   o astral, ella podría reencarnar para limpiar su paso por este plano terrenal.

Así está la situación para ese triangulo que se ha formado entre los tres: Antonio, Juvenal, Freddy, siendo que todo eso escapa de sus manos, pero son parte indirecta de un viaje inesperado.

PEREZA

Aquel cuarto siempre desordenado, su ropa sucia regada por el piso, su baño da grima y de nada han valido las órdenes de su madre a quien le desagrada la desarmonía y ese cuarto o habitación de Leopoldo, es la máxima expresión de la desarmonía producto de la total pereza que lo caracteriza, hasta para cepillarse los dientes.

Estamos hablando de Patricia en su mundo anterior a ese del momento donde terminó en un coma,

Si, Leopoldo es Patricia en su vida anterior, ya en este mundo del inicio de la tecnología y el auge de la revolución industrial.

Ella, en la persona de Leopoldo, es el tercer hijo de un matrimonio feliz entre Jesús y Rita, una hermosa pareja con más de 40 años de casados y se aman como en ese primer encuentro cuando se vieron en una plaza de su pueblo natal en una fiesta en honor a San Judas Tadeo.

Allí sus padres, teniendo tan solo 16 años ella, y 19 él, se casaron y han sido felices desde entonces. Son ejemplo para todos y una demostración que los matrimonios felices si existen a pesar del tiempo y problemas cotidianos que superar.

En ese hogar con 4 hermanos más, Leopoldo se crío entre las buenas costumbres, el orden, la disciplina y la armonía. No tenía excusa para ser como era, desastroso, desordenado, sucio y desobediente, catalogado por sus mismos padres, como un chico y luego hombre muy perezoso, tanto que sería la única macula en ese hermoso hogar de Jesús y Rita.

Es otras palabras, Leopoldo por su marcada pereza, fue el "dolor de cabeza" de sus padres, más el de Rita quien como madre al fin y con sus buenas costumbres no entendía, ni lograba entrar en razón a Leopoldo para enfrentar su pereza y abandono a una vida, como si nada importara.

Leopoldo nació con una inteligencia superior a su otro hermano menor, pero él fue todo lo contrario: ordenado, gustaba del orden y la limpieza, durmiendo en el mismo cuarto, los problemas entre ellos eran cotidianos, y siempre era el hermano menor José, quien terminaba arreglando sus desorden y falta de aseo.

Leopoldo, la pereza pura, siendo muy audaz e inteligente, por la misma situación abandonó los estudios en el mejor colegio para varones dedicándose a los juegos de azar a escondidas de sus padres, y así poco a poco fue perdiendo oportunidades en su vida causando problemas entre sus padres y en el seno de la familia, terminando aislado de ellos.

Ese era Patricia, ya en la época actual, quedando claro en ese su viaje tan especial, que realmente pasó por los siete pecados capitales, uno de peor manera que en otros, pero al final fueron siete las oportunidades que perdió para avanzar en su vida terrenal y con ello en el plano superior.

Ahora está en manos de un tribunal místico, donde será juzgada y la decisión no se sabe ¿cuál será? en tanto su familia en el plano terrenal esperan su reacción, regrese a ellos desconociendo lo que realmente está pasando, mientras se mantiene en una cama, inconsciente desde hace tres semanas, tiempo que en ese plano astral son segundos,

Antonio y Juvenal, llegan donde Freddy Bustamante a la hora exacta de la cita, tienen la esperanza de entender lo que sucede y ellos puedan darle sentido a ese trance donde ella se encuentra.

Por su parte Freddy busca las palabras para la explicación que ellos esperan hecho nada fácil, ambos son ajenos, por no decir ignorantes, en lo relacionado a lo místico, al plano astral, a las dimensiones, a los portales, y todo eso que conforma el mundo donde actualmente se encuentra el espíritu de Patricia, una mujer perdida en ese viaje guiada por un ángel que explica algo de ese mundo donde se encuentra, un viaje sobre sus vidas pasadas, y someterla a un juicio por haber violado los siete pecados capitales: Avaricia, Envidia, Lujuria, Gula, Ira, Soberbia y Pereza.

¿Podrán Antonio, y su padre Juvenal, entender esa explicación?

No es fácil, para Freddy no es fácil, como tampoco es para ellos quienes viven a lo muy terrenal, jamás han leído, mucho menos estudiado lo relacionado a ese plano donde esta ella la amada esposa y la muy querida hija.

Para Freddy explicar esa realidad debe comenzar por entender él mismo, que a quienes podrá ayudar no solo que no lo entenderán, sino que no lo aceptan, para ellos, solo existe lo que está a la vista, lo palpable, lo real, todo lo demás es falsedad, engaño o misterio sin revelar.

Así entonces, por muy buena voluntad que él tiene para corresponderles a la ayuda que solicitan, solo les dice que ella está bien, en un proceso difícil de entender, pero que regresará a ellos, cuando así sea, cuando sea el momento, mientras que tomen su estado de coma con paciencia y tranquilidad, Patricia está bien, dentro de su situación inconsciente está bien y más adelante tal vez los ayudara y él mismo los buscara, pero, por los momentos es necesario tener calma y esperar, solo esperar.

A Antonio y Juvenal, esa repuesta de Freddy no la entienden totalmente, pero les calma la impaciencia y el temor de que no regresará a ellos.

REGISTRO ASTRAL POSITIVO

Patricia ha terminado su viaje por sus siete vidas anteriores donde cometió los 7 pecados capitales, ella horrorizada de su pasado en esas diferentes épocas, llora frente al ángel guía, se lamenta de sus acciones, pide perdón y clemencia.

De repente, están frente a ella a ambos lados del guía ángel, las dos caras de las mujeres que ella ve en su sueño profundo, mujeres hermosas con cara de bondad, alegría y serenidad, ella se siente extrañada, pregunta quienes son y escucha cuando le dicen "somos las dos acciones buenas que tienes acumuladas en tus vidas anteriores", es la parte positiva en ese registro astral,

Patricia mira a su guía, en busca de alguna explicación o aclaratoria y entendiéndola, le dice que solo dos buenas acciones aparecen en ese viaje astral representadas en mujeres frente a los 7 pecados capitales que ya le han mostrado.

O sea, que Patricia no solo fue soberbia, lujuriosa, envidiosa, avariciosa, perezosa, golosa e Iracunda, también hizo dos buenas acciones que vienen a poner en la balanza su futuro, es decir no sale del coma donde ya tiene varias semanas, o sale de su inconsciencia regresando a su vida terrenal.

Allí están esas dos caras de mujeres que aparecían siempre frente a ella al cerrar los ojos, junto a las 7 caras de hombres no entendiendo hasta ese momento que significaban en su vida, en su mundo.

COMPASION

Como todos los años en el aniversario de la muerte de su madre, Florinda visitaba la tarjetería del pueblo para mandar a hacer las tarjetas recordatorio del nuevo aniversario del fallecimiento de su señora madre, doña Lola, quien luego de muchos esfuerzos de la familia falleció a consecuencia de un cáncer, enfermedad que en esos años 50-60 era mortal sin tener tratamiento alguno para tratarlo, falleciendo a los pocos meses.

En esa oportunidad Florinda con 32 años, mujer sin gran belleza, pero rica de cuna, conoció al nuevo vendedor de la tienda, el joven Lamberto, quien de inmediato inició amistad con ella, de esas amistades de entonces, con visitas a la casa por corto tiempo, conversaciones escasas por teléfono, y así poco a poco se fueron conociendo y al pasar un año planificaron su matrimonio a escondidas de los familiares de ella.

Así lo hicieron, solo su única hermana Josefina conoció de tal acontecimiento asistiendo a la iglesia donde contrajeron matrimonio como su testigo.

El amor entre ellos fue sincero, Florinda lo amó desde el primer momento, ella fue criada en un hogar muy estricto con un padre comerciante, de buen carácter y comprensivo, pero sometido a su esposa a quien respetaba mucho y lógicamente obedecía en todas sus peticiones y decisiones.

Siendo Florinda una de las dos hijas hembras, su educación fue rigurosa, sin aceptarle amigos, y amigas muy pocas.

Al conocer a Lamberto en esa visita para comprar las tarjetas en el aniversario del fallecimiento de su madre, se enamoró de inmediato, luego él le declaró su amor y conociendo a su familia a su padre y sus 9 hermanos varones, quienes nunca le aceptaban novio alguno, lo mantuvieron en secreto un año cuando a todo riesgo, se casaron.

Fueron pasando los años, Florinda tuvo solo dos hijos Verónica y Luís, en una vida de clase media baja, fueron criados, viviendo en una pequeña casa de una urbanización cualquiera de la ciudad.

Ya adultos, ellos se casan, se alejan de la ciudad y hacen su vida dejando a Florinda y Lamberto solos, en edad avanzada a los 60 años, prácticamente se olvidan de ellos, sus padres quienes quedaron a la buena de Dios.

Es aquí en este momento cuando aparece en sus vidas Patricia, la pecadora de los 7 pecados capitales.

En esta vida siendo la vecina de estos señores, Florinda y Lamberto quienes vivían de lo poco que conseguían con el trabajo de él aun vendiendo tarjetas en la librería de la ciudad, llega Patricia en la persona de su vecina, Maribel es madre de dos hijos, esposa de un obrero y viven limitados económicamente.

El sector donde vivían era una vereda con otras 20 casas pequeñas, conformando un vecindario donde cada familia subsistía de cualquier manera, en pocas palabras, todos humildes, tal vez alguno menos que otros, pero al final todos pobres.

Los hijos de ellos Verónica y Luís, se olvidaron de sus padres, nunca más los volvieron a ver por ese sector algo alejado de la ciudad.

Fueron pasando los meses y en unos dos años más tarde, fallece Lamberto entre la falta de alimentos y la tuberculosis enfermedad difícil aún más en esos años 60.

Florinda queda totalmente sola en esa pequeña casa, sin ayuda de nadie, sin buenas condiciones físicas que ya le impiden cocinar, limpiar, lavar y todo lo básico en una casa.

Una buena tarde, su vecina Maribel, que es Patricia en esa vida, se le ocurre visitarla y la consigue lánguida en una hamaca, pálida, delgada, tenía dos días sin comer, sin bañarse, en otras palabras, Florinda de niña rica que fue cuando vivía con sus padres, era ahora una indigente, sin tener que comer, abandonada por sus hijos y casi muriendo en una hamaca.

Maribel se conmovió al ver esa escena, corre a su casa, trae comida, toallas, sabanas, ropa de ella misma, en fin, todo para atender a Florinda en esa su realidad tan lamentable.

Maribel, llena de compasión, y con los ojos cargados de lágrimas, llegó a su casa, recogió todo lo necesario y atendió como una buena hija a aquella vecina que moría de abandono y tristeza.

No conforme con ayudarla en todo, le comunicó a su esposo e hijos, que Florinda la pondrá a vivir en el cuarto desocupado, pidiéndole a su esposo que la ayudara en su traslado.

El hijo varón Alejandro, se opuso rotundamente, señalando que con esa vieja fea y maloliente, no viviría, amenazando a su madre.

Maribel, hizo caso omiso a la altanería de su hijo, sencillamente lo obvió lo anuló, y Florinda ocupo el cuarto desocupado, recibió las atenciones de una hija con su madre en un acto de compasión que sus vecinos reconocieron y desde ese día todos colaboraron en comida, ropa y medicinas con la vecina abandonada quien pasó a8 formar parte de esa familia.

Ese acto de caridad y entrega de Maribel, la Patricia del coma y de sus pecados fuertes en vidas anteriores, le podrá recompensar en parte toda su vida "loca" en el juicio que le espera en ese mundo astral donde solo priva la verdad, los valores, los principios.

Pero el viaje de ella, Patricia, aun continua, si una de las caras de esas mujeres que ve en sueños y al cerrar sus ojos, fue Maribel, la que demostró compasión hacia un ser desamparado aun en contra de la voluntad de su hijo, la otra cara de esa segunda mujer debe ser otra de sus partes bondadosas o por lo menos positivas que la ayuden en tan difícil trance.

AMOR

María Emilia, una chica de 17 años, hija única en una familia clase media alta, estudiaba abogacía en su primer semestre en la Universidad privada de la ciudad.

Es hermosa, con un pelo castaño abundante, unos ojos del mismo color y lucía alta, para su edad, fue considerada de muy buena estatura para aspirar algún premio por su belleza y cuerpo estilizado.

En esa universidad Santa María, estudiaban en su mayoría jóvenes de cierta posición social, bien clase media alta, clase alta y ricos, es decir allí los estudiantes eran en su mayoría de familias privilegiadas, sin problemas económicos.

Así comenzó Emilia, como se le dice de manera general, sus estudios con el afán de llegar a ser una abogada defensora de los derechos humanos.

Allí, sentada a su lado, una estudiante que le sonreía al encontrarse con su mirada pronto llegó a tener una buena amistad, Zulay se llama hija de un matrimonio con tres hijos, dos varones y ella con unos 18 años, también muy linda blanca de ojos negro intenso que llamaron la atención de sus compañeros de salón, unos 30 entre varones y hembras.

Desde ese primer día, Emilia se sintió cómoda en su salón, los compañeros todos agradables, atentos, educados y de la misma posición social, eso se manifestaba en poseer carros, ropa de marca, siempre con dinero en la cartera y en fin se les notaba la posición social que ocupaban en esa ciudad, la segunda más importante del país debido principalmente al petróleo fuente principal de los ingresos del país.

Aquel salón de 30 chicos, rebosante de salud, alegría, tranquilidad económica y en fin un buen grupo de compañeros de clase para la María Emilia que aspiraba ser excelente estudiante y finalmente abogada.

La amistad de Emilia y Zulay abarcó también a sus hermanos, todos integraron ese grupo de buenos amigos, sin dificultad

Mas que compañeros de clase, aquellos cuatro chicos se trataban como hermanos siendo la admiración de sus padres y compañeros universitarios.

Eran amigos como nunca pensó la propia Emilia con quien nunca tuvo esta cercanía con amigo alguno, esos que fueron sus vecinos desde muy temprana edad.

Fueron corriendo los años, para ellos cuatro la amistad se transformó en amor y ese amor en una dependencia uno de los otros increíble y admirable. En verdad formaban lindas parejas, Emilia con Adrián, a quien amó con una intensidad y sinceridad que sería con certeza, hasta el final de sus vidas.

Eran esas algunas de las palabras que se decían entre ellos, decretando que en verdad así sería con el pasar de los años.

Por su parte Zulay con Alejandro no fue igual, confundieron la amistad sincera y profunda en eso de ayudarse uno al otro siempre, lo confundieron con amor, sentimiento que al final entendieron no era tal como pensaban y sentían, sino que era parte de la amistad demostrada en años de estudiantes con un corazón más sensible y menos realista.

Al salir de la universidad, ellos tomaron rumbo diferente, Alejandro viajó a Londres para un post grado en derecho internacional, mientras Zulay ejerció la carrera a los pocos meses de recibir el título en la Universidad Santa María, donde fue una de las profesoras en derecho penal.

Así que los cuatro amigos, continuaron con su amistad, no de la misma manera, pero amigos fieles y sinceros sí. La vida los llevó por otros senderos y esa misma vida los regresaría a sus inicios "amigos hasta el final".

Emilia y Adrián con una carrera sólida, socios en el bufete que ganaba fama en la ciudad de ellos, la que nunca abandonaron, decidieron unir aún más su destino y se casaron con ese mismo amor que juraron años atrás.

A los dos años de matrimonio, tuvieron unos mellizos, dos hijos que les regaló el destino, la vida y sus propios deseos serían sus únicos descendientes, Emilia tuvo un embarazo bastante fuerte dejando secuelas que le impedirían volver a embarazarse.

Ellos felices, ya no eran solo dos, eran cuatro, Dios los bendijo con unos mellizos: varón y hembra.

Era la felicidad pura: ellos se aman, gozan de buena posición económica, tienen un par de hijos preciosos y una familia en sus padres que los adoran.

Mientras por otros lares, Alejandro en Londres consiguió a su alma gemela, una chica rubia de ojos azules como él la buscaba, se casaron y tuvieron un hijo varón.

Zulay, pasó algunos años soltera y cuando ya había perdido la esperanza de encontrar al "amor de su vida", a la edad de 32 años, en un golpe del destino, en un juicio donde defendía a su cliente por intento de estafa, conoció al fiscal acusador, a Nerio González, de 35 años, divorciado. Allí frente al juez, ella sentía que el estómago se le encogía al estar frente a él. Sin entender aquello tan extraño, no sabía que él, Nerio también sentía lo mismo, ambos se lo comentaban meses luego,

Desde ese juicio ambos quedaron enamorados perdidamente, se casaron y así se lo comunicaron a sus amigos de siempre, a Emilia, Adrián y Alejandro quien aún permanecía soltero.

Habían pasado tres años, cuando reciben la noticia: Alejandro muy enfermo, siendo hijo único no tenía hermanos, tampoco sobrino, esposa o hijos, solo una madre secundaria, madrasta, y un padre que al casarse con ella prácticamente se olvidó de él.

Alejandro solo en esa situación acudió a sus amigos de siempre a Emilia, Zulay y Adrián quienes no dudaron, acudieron a él de manera inmediata, dejaron sus bufetes, algunos casos no tan relevantes y fueron a su encuentro.

Alejandro padecía estero esclerosis, enfermedad degenerativa, que poco a poco lo consumiría que a su vez le impedía trabajar para pagar tan costoso tratamiento, además de su alimentación muy precisa y cancelar los costos de un apartamento donde vivía solo.

Aquel encuentro de los cuatro chicos, ahora adultos casados y con hijos, fue demasiado emotivo, lloraron, se abrazaron, rieron y en fin era un momento para grabarlo y demostrar qué si existe el amor sincero entre amigos, entre seres humanos y que es cierto aquello de "en las buenas y en las malas".

Alejandro fue acogido por Adrián y Emilia, quienes tenían más comodidades en una gran mansión donde vivían con sus dos hijos Esther y Gerardo aun pequeños, estudiando primaria.

Adrián, Emilia y Zulay, sus amigos, correrían con los gastos que incluía, además de los medicamentos, consulta al médico, alimentación especial y una persona a tiempo completo para atenderlo debidamente.

Alejandro lamentaba aquella su realidad, se lamentaba no haberse casado con Zulay la chica de la universidad y su sincera amiga, y así de todas sus fechorías, decisiones mal tomadas, se lamentaba y lloraba al recordar sus años de juventud tan hermosos con esos tres eternos amigos que ahora eran hermanos, para tenderle la mano y no dejarlo a su suerte.

Ese es un verdadero acto de amor, de sinceridad, de apoyo y de caridad donde tomó parte María Emilia, la Patricia de esta era, la que yace en una cama inconsciente en un viaje astral conociendo sus vidas pasadas, en lo malo que fueron muchos y2 en lo bueno que no han sido tantos, pero que pueden darle la oportunidad que al ser juzgada se tomen en consideración esa piedad, compasión y amor frente a la realidad de su vecina y ahora con uno de sus mejores amigos, solo y enfermo con un mal terrible.

Luego de unos 5 años, Alejandro muere en los brazos de sus amigos, de sus hermanos de vida, esos que no desmayaron en tratarle su mal deformación ósea, en estar siempre a su lado, hacerle sus días más llevaderos, más amorosos, consiguiendo el fin de no hacerlo sentir abandonado por sus familiares, porque la familia de estos cuatro chicos, son ellos mismos, lo prometieron en aquellos días universitarios y lo han cumplido hasta el final, en este caso con el fallecimiento de uno de ellos: Alejandro, quien siempre será considerado hermano, amigo y familia y así ha sido después de tantos años y aún fallecido visitando su tumba en cada aniversario de mes y de año. Una amistad como pocas, y un amor sincero de amigos palpado en este gesto de Emilia, Zulay y Adrián.

Patricia, al mostrarle esta vida que llevó en esos años 70, lloró. No todo ha sido malo, no todo fue pecado, le decía a su ángel guía, también he tenido mi parte buena y humana, le agregaba, mientras aquel ser alado que la escuchaba sonreía y con su cabeza le expresa un sí.

Por eso se te ha permitido un juicio y no ser enviada a un submundo terrible a pagar esos 7 pecados capitales que hoy te pesan, por eso te juzgan y por eso te dan una oportunidad.

No todo termina aquí, le continúa hablando aquel hermoso y gigante ángel.

RINDIENDO OTRAS CUENTAS

Sigamos tu viaje, hay aún mucho por ver. ¿Qué tal tú comportamiento con tu familia: tu madre, tu padre, hermanos y demás?

Patricia se lleva la mano a la cara en señal de no querer ver más, mucho menos la manera como trató a quienes le dieron vida, atención y amor a lo largo de sus años: la familia.

Lo quieras o no, eso veras, le agrega su ángel guía, este viaje no puede terminar y no lo hará, sin que veas tus errores, tu falta de amor y comprensión con quienes te han tenido en sus hogares.

Terminando de pronunciar esas palabras, Patricia se ve en una casa muy linda, amplia, decorada de una manera muy armoniosa, la recuerda, claro que la recuerda, en ese salón pequeño antes de entrar a la sala principal y a unos pasos del salón donde se celebraría el matrimonio de la hija de ella en ese entonces, de Maribel su primogénita quien se casaría con su novio desde hace 5 años.

Allí en ese salón está el juez que los casaría con su secretaria y asistente, al frente, los invitados, casi todos miembros de la familia, los hermanos de ella, los hijos de ella 5 en total, los amigos y algunos sobrinos para formar un grupo de 25 invitados.

En ese salón pequeño, estaba su madre, padecía de demencia senil, algunas cosas recordaban, otras algo y muchas nada. Pero si estaba muy clara que aquella Maribel, es su nieta la hija de Dora, quien la dejó allí sola, no se preocupó por ella, la apartó del importante momento para la familia con el matrimonio de su nieta mayor.

Al terminar el acto, Dora ya con cargo de conciencia por haberla dejado sola, la consiguió llorando, su madre lloraba por su falta de amor y así su cargo de conciencia aumentó llorando y pidiendo perdón, pero eso no remedió el sentimiento en su corazón haber sido menospreciada por su hija, por Dora, que es Patricia y así lo reconoció frente a su ángel guía, cargo de conciencia que nunca fue superado y al morir en esa vida la tuvo presente.

Pero allí no terminó la falta de amor y caridad hacia su madre, también Dora vio, porque le recordaron aquel momento cuando se burló de ella acostada en esa cama inmóvil a consecuencia de un ACV solo por quedar bien frente a unos amigos que la visitaban.

Así que Dora, a pesar de haber recibido a su madre enferma, no la trató ni con amor, mucho menos con comprensión y caridad.

Dora reconoce que no fue buena hija, no todo lo que pudo ser con quien no solo le dio la vida, sino que la cuidó y atendió con paciencia y amor en las múltiples enfermedades que ella padeció en su adolescencia y juventud.

Ella, la madre de Dora, no se merecía ese trato, esa falta de apoyo, amor y agradecimiento que debió darle como su hija y su paciencia durante años para sacarla de las múltiples veces que necesitó de ella.

En otras palabras, Dora no fue una buena hija, no como ella su madre se lo merecía.

Al final de esta parte del viaje por sus vidas anteriores, Patricia lloró frente a su ángel guía con palabras de arrepentimiento al reconocer que una buena hija no fue. Esos no eran buenos puntos a la hora de su juicio que ya se acercaba.

Eran las 12 del mediodía, Freddy Bustamante, el paranormal, recibía a los familiares de Patricia, para dar algunas explicaciones del coma que presenta contando casi 3 semanas sin ver alguna reacción que les dé esperanzas.

"He meditado varias veces para conectarme y tener algo que decirles", les explica al padre y al esposo de ella, en tanto caminan hacia un cuarto con una especie de altar al final, en la última pared.

Ellos miran ese salón con fragancia a vela, incienso o hierbas aromáticas, que les agrada, sienten una paz y tranquilidad que les da confianza en ese joven que parece tener dones especiales.

Efectivamente Freddy no sabe por qué, ni para qué, pero desde pequeño ha demostrado dones sobrenaturales que calla para no asustar a su familia y amigos, muy pocos conocen de esos dones y de esas experiencias con un mundo más allá del terrenal. Ve lo que nadie más, siente presencias que nadie le creería, en fin, desde muy joven, casi desde la adolescencia Freddy está conectado a otro nivel, en otra dimensión y energía, pero muy pocas veces puede ayudar a quien le pide ayuda, sencillamente porque no tienen fe en él, en sus poderes o dones y así jamás le creerán lo que sucede realmente.

En el caso de Patricia, él hablará muy claro, espera lo entiendan, pero sobre todo le crean y de ser así los puede guiar y hacer ver lo que sucede con Patricia y ese viaje al más allá, al mundo místico de lo contrario esa será la última vez que se vean y conversen.

Antonio y Juvenal, dispuestos a todos para recuperar a Patricia, le creerán, claro que lo harán, ellos en esos días de espera para esa cita, se documentaron sobre ese mundo místico, esas dimensiones y en fin que realmente existen otros niveles y entenderán y darán crédito a todo lo que ve y sabe del coma extraño de la esposa e hija de quienes están frente a él.

Freddy les manifestó tener la mente abierta, lo que les iba a decir a lo mejor no lo aceptaran, como tampoco lo entenderán, pero les asegura que todo lo que dirá será cierto, si lo acepta podrá seguir con la ayuda, de lo contrario nana puede hacer y todo seguirá su rumbo lo crean ellos o no.

Tanto Antonio, como Juvenal, expresaron que confiaban en él y por lo tanto les guste o no, aceptaran como una verdad.

Dicho eso, Freddy para darles una explicación muy sencilla sobre el viaje astral de Patricia comienza por decirles que el plano astral se conoce como la cuarta dimensión, el segundo de los 7 planos, que es la réplica del mundo físico, es decir donde estamos todos. Allí, les agrega, la medida del tiempo no existe por lo tanto puede ir al pasado o al futuro, también recorrer varias distancias. Ese plano está relacionado con el nuestro, todos le agrega Freddy tenemos un cuerpo astral que no es el alma como muchos creen. A su vez, el cuerpo astral tiene 7 subdivisiones, en una de esas está viajando Patricia para conocer como fue en ese tiempo de su ayer. A mi modo de ver lo que a ella le sucede es que le están mostrando cómo actúo, como se comportó en ese su tiempo en esas otras vidas que tuvo. Debe estar en el plano donde se registran todas nuestras acciones, como su propia memoria. Pero decirles que está pasando con detalles no puedo hacerlo, solo les digo que ella realiza un viaje por su pasado y estoy casi seguro qué regresará, ella volverá a nuestro plano, pero el cuándo no lo sé, les agrega, aconsejándoles tengan paciencia y esperen el regreso de un viaje tan hermoso como ese que todos los queremos realizar, pero no todos podemos, les explica Freddy.

Antonio y Juvenal, se miran como preguntándose si creen en eso del viaje de ella por ese mundo astral, y es Antonio, quien le da aprobación a esa explicación y entiende ahora el por qué los médicos no saben que le sucede a su esposa.

Yo le creo, señor Freddy, no sé nada de eso de planos, dimensiones y viajes astrales, pero usted nos ha explicado de una manera muy sencilla y para nosotros es mucho más que el "nada" de los médicos de la clínica. Gracias por su amabilidad y será ¿que lo podemos molestar en caso de necesitarlo? Le pregunta Juvenal, dando por aceptado todo eso de lo astral, viaje al pasado y esas cosas que aún no entiende, pero las acepta.

Claro, le responde Freddy, estoy a la orden, me alegra haberles ayudado y orientado en algo que no todos saben o entienden. Así que ya saben dónde estoy, solo llaman para saber que vienen y aquí seguiremos ayudando.

Finalmente, Juvenal le pregunta cuánto se le debe por su apoyo y orientación, negándose a recibir dinero. No, les dice de manera contundente, esto fue una agradable conversación y nada más. No se preocupen, estamos para ayudar, les dice extendiéndole la mano a manera de despedida.

Ya fuera de la casa de Freddy Bustamante, ellos se retiran con cara de incógnita, jamás habían escuchado eso de mundo astral, de dimensiones, de regresar al pasado y demás, pero no saben el por qué, pero quedaron conformes, le creen al señor paranormal, y les dio muchas esperanzas, pero sobre todo alguna explicación sobre ese trance en donde se encuentra Patricia.

¿Y cómo fue Patricia con su padre? ¿tiene algún cargo de conciencia? Aquella Maribel, la Patricia de entonces en esos años 70, reconoció que ¿fue injusta y falta de amor con su padre?

Ella misma le responde a su ángel guía, que yo recuerde no, para mí era el mejor padre, cariñoso, amable, inteligente, con tacto para tratar asuntos delicados, en fin, le dice ella, que yo recuerde a mi padre lo trate con un gran padre, mi amigo, compañero y consejero.

Y ¿con tus amigos? ¿cómo estuvo tu relación? En ese momento vienen a su mente algunos desencuentros con ellas, mas no con ellos, es decir con sus amigos nada, ningún roce, ningún malestar, ni malentendido. En tanto con sus amigas o compañeras de estudios, y más tarde en el trabajo, Maribel, la Patricia de esos días, si fue mala amiga, traidora y envidiosa.

Al decir eso, su ángel guía mostro cara de sorpresa y a la vez de preocupación porque traicionar a una amiga, es tan malo como el desamor hacia la madre. Ella definitivamente tenía problemas con las femeninas, incluyendo hasta su propia madre.

Ella, allí frente a su guía, a ese ángel que la lleva a recorrer su pasado, se preocupa. El problema de Maribel es con las mujeres, ¿por qué?

Maribel, no fue nada bonita, no como la Patricia de ahora linda, elegante, con bello cabello y hermosos ojos, no era así cuando fue Maribel, era fea, muy inteligente, pero fea y eso frente a sus amigas tanto en el colegio, como en la universidad y en sus vecinas, la hicieron sentir mal, acomplejada y envidiosa.

Envidiaba a sus vecinas, varias veces les mentía con sus novios, a sus compañeras en la universidad les plagiaba los trabajos, le agradaba cuando eran raspadas en las materias, en exámenes y en los trabajos de investigación. Maribel muy envidiosa, era amiga falsa, hipócrita.

Ahora cuando se lo dicen como Patricia, chica agradable y bonita, se arrepiente de esas maldades, pero ya el daño está hecho y todo eso anotado en su registro personal en ese mundo astral donde ya lleva unas 5 semanas terrenales, sin embargo, en ese mundo místico son escasos segundos, realmente no existe tiempo.

No con todas fue de esa manera, al pasar el tiempo dejó a tras su actitud negativa frente a ellos sus amigos, recapacitó y comenzó a actuar de una manera más consciente del bien y el mal y así compartió con varios de ellos momentos de apoyo, ayuda y compartir.

En ellos, Patricia recuperó en parte el mal hecho a sus amigas y amigos, logrando un equilibrio en su conciencia en los registros astrales que hoy la juzgan y la sentencian dependiendo de eso su futuro, su volver al plano físico con sus padres y esposo.

Cuando ella, creía terminaba su viaje por ese mundo hermoso, de paz, tranquilidad y equidad, su ángel guía le señala que apenas se inicia, el viaje es mucho más largo en el tiempo terrenal, teniendo sus familiares que esperar con paciencia y esperanza en su reacción, en su volver a la vida como se entiende en el plano terrenal.

No Patricia, le indica aquel hermoso guía, aún no podrás regresar a tu vida terrenal, aquí te falta entre otras cosas, mirarte en aquellos días donde faltaste a los pecados capitales, ¿qué piensas de ellos?, ¿cómo crees que puedas pagar esas malas acciones?

REVERTIR EL DAÑO

En la primera parte de este viaje le agrega, solo te mostramos lo que hiciste, pero no te pedimos tu opinión, tu opción para revertir el daño causado para tener la oportunidad que el tribunal cósmico te exonere y regreses con los tuyos.

¿Qué opinas le insiste su guía? necesitamos pagues lo mal hecho, los pecados cometidos, ya te los mostramos, ahora ¿cuál es tu propuesta?

Patricia se queda callada, piensa, analiza rápidamente sus acciones en ese pasado de sus anteriores vidas y la vida actual donde por un ataque de ira en su máximo expresión ha quedado inerte en esa cama de donde quiere salir y estar con los suyos.

En cuestión de segundos todo lo mostrado en ese viaje y lo vivido en su casa contra Antonio, su esposo, pasó frente a ellos como una película, sintió vergüenza, pero a su vez dolor y rabia al dejarse llevar de arrebatos, perjudicar a personas inocentes solo por sus caprichos y su insensatez. Permaneció callada por unos segundos mirando a los ojos de su ángel guía, preguntando ¿qué puedo hacer para revertir todo eso? ¿es que acaso se puede?, lo hecho, hecho está le dice ¿acaso no es así?

Exactamente le responde su ángel, lo hecho, hecho está, entonces ¿estás consiente que ya es irreparable tu daño? ¿Cómo crees que puedas pagar esas culpas, esas violaciones a los 7 pecados capitales?

No lo sé, dice Patricia un poco alterada y a punto de volver con sus ataques de ira o histeria, dime tú, ¿Qué me dirá el tribunal del que me hablas? ¿qué me dirá? qué me diga lo que debo hacer, pero que me regrese a mi mundo con los míos, yo cumpliré con la decisión de ellos, pero ¿cuál es?

Allí reina un silencio total, los colores de ese mundo místico cambiaron, se encienden el rojo, el naranja y el amarillo, y ante ese ambiente, el ángel le dice, Patricia en todo este recorrido, en este viaje, ¿no has aprendido nada? ¿Seguirás con tu soberbia? Da la impresión de estar perdiendo la oportunidad de este viaje para cambiarte, hacerte recapacitar, pero no es eso lo que veo y lo que están viendo quienes te observan y te juzgan.

Patricia reacciona, trata de cambiar sus palabras, baja el tono, señalando que ese viaje es lo que le decían sus abuelos y los maestros del colegio, que ¿antes de morir se tenía que rendir cuentas ante Dios? ¿Estoy rindiendo cuentas?

Puedes entenderlo así, lo importante está en mostrarte cómo va tu vida hasta este momento, es una gracia que te conceden y así lo debes tomar., tú verás si el registro que te llevan aquí en el nivel astral, ¿lo aceptas o no? ¿Estás conforme? ¿Qué me dices, si o no?

Claro que estoy conforme, no puedo desmentir lo que es verdad, lo sucedido, ahora bien, agrega ella, la pregunta que debe seguir es si aceptan mis disculpas, mi arrepentimiento, en verdad abusé de mis oportunidades para hacer el bien y por el contrario hice mucho daño a personas inocentes, ¿cómo puedo corregir esos hechos? Y además ¿me darán esa oportunidad?

Explícame ángel guía, ¿cuál es el motivo de este viaje?

Buena pregunta le responde quien está claro que la repuesta a eso no la tiene él, sino el soberano, quien rige en este y en su mundo. Solo él te puede informar y lo hará en su momento, debes tener paciencia y esperar aún no hemos terminado esta parte del viaje, le indica con una sonrisa de agrado como manifestación de sentirse bien con ella, por su positiva y espontanea actitud.

En verdad Patricia, ¿no me reconoces? ¿Tanto he cambiado? Con esas preguntas, ella lo mira con más detalle, profundiza la mirada en sus ojos, pero nada ve, se supone ¿lo debe conocer? Y así le dice, ¿has formado parte de mi vida? porque en verdad nada me recuerdas.

El ángel, se sonríe mírame, remontante a los años de cuando estudiabas sexto grado en el Colegio San Martín, teníamos 13 años, ¿me recuerdas? Cuando Patricia escuchó ese nombre "Colegio San Martín" todo un historial paso por su mente, mejor dicho, frente a ella.

Aquel era un colegio y aún lo es para niños de cierta élite, la clase media alta y para la élite que integraban los gobernantes, empresarios y la alta sociedad.

Fue como un rayo que le llegó de repente a su memoria, claro era Carlos Azuaje, ese bello ángel era su compañero de clase en el sexto grado, siempre buscando conquistarla, no como novia, eran muy chicos para eso, sino la deseaba como amiga, que lo integrara a su grupo que él veía se divertían mucho, realizaban fiestas los fines de semana, en otros iban a la playa el fin de semana, en fin, que era un grupo envidiado y él era parte de ellos, pero lamentablemente Patricia una de las chicas más bonitas, no solo no le permitió entrar a su grupo, sino que lo humilló frente a sus compañeros de clase y en todo el colegio, al acusarlo de acosador sexual como la mejor manera de apartarlo de ella y de su grupo.

Carlos, se sintió de lo peor, jamás pretendió ser acosador, solo deseaba su amistad y le permitieran ser parte de ese grupo de chicos ricos.

Por ese sencillo caso, humillado, excluido del propio grupo de él y al final sus padres lo retiraron del San Martin y nunca más fue el buen estudiante que fue siendo tanta su depresión que a los 17 años murió de un infarto, señalando sus médicos que la tristeza se lo llevó a tan temprana edad.

Patricia al escuchar a Carlos de cómo y por qué murió tan joven, no pudo contenerse y lloró con desesperación pidiéndole perdón, que ella nunca más supo de él y lamentaba escuchar aquella historia que remontó a Patricia a esa edad en el Colegio San Martín donde hechos como ese con Carlos se repitió en varios de sus compañeros y compañeras a quienes para sacarlas de su camino, bien en los mejores trabajos, en los exámenes o en las competencias deportivas, eran mejores que ella, les aplicaba estrategias horribles pero que lograban su fin y le quedaba libre el camino para sobresalir en todo y con las mejores notas.

Esa acción en contra y dañando a tantos chicos, pesan en su registro allí en ese viaje astral donde está sentada en el "banquillo de los acusados".

Qué horror, gritaba frente a Carlos, su compañero de clase y ahora su compañero en ese viaje astral donde es juzgada y será sentenciada.

No conforme con haber visto su vil acción en contra de Carlos, su compañero como guía en esa cuarta dimensión, y ahora frente a ella como su guía recordándole todas sus fechorías juveniles, les mostrará las consecuencias en la vida de esos que por su culpa y malas intenciones y acciones tuvieron en sus años futuros, y se los fue nombrando uno por uno.

¿Te acuerdas de Teresa Pérez? A quien le levantaste la calumnia de copiarse en los exámenes y de robarles a sus compañeros las hojas del examen para ponerle su firma y entregarlo como hecho por ella. ¿La recuerdas? Era la chica más bonita y tú la envidiabas.

Teresa perdió su credibilidad de buena estudiante y eso la marcó para siempre, tanto que en ninguna universidad la recibían teniendo que irse de la ciudad y estudiar en el extranjero.

Patricia escuchaba esas historias deseando que su ángel guía no continuara con eso de refrescar la memoria, la hacía sentir horrible, ella desconocía o mejor dicho en sus recuerdos nada había sobre esas maldades de ella en contra de sus compañeros de clase y seguramente también alguna otra falta moral estarían por ahí entre sus amistades.

Pero el guía, que ahora sabe es el Carlos aquel de su colegio, no había terminado con sus relatos, sus acusaciones contra la esposa de Antonio e hija del correcto señor Juvenal.

No, claro que había mucho más que contar, Patricia era bellaca, como decían a las malas personas en esos sus años de adolescencia y juventud.

Uno de los casos más patéticos, es aquel donde su amiga Marisol, la vecina de la casa del frente, tenía su novio, un chico estudiante de ingeniería, en su segundo semestre, joven de agradable trato, elegante, con una estatura sobre el 1.70 con un buen perfil y ojos azul claro, Rodolfo Lanz, hijo de franceses.

Patricia en el momento de conocerlo, se enamora de él, no era posible que Marisol sea su novia en tanto ella no lograba que ninguno de sus amigos le declararan su amor.

Astutamente, ella se fue ganando al chico de Marisol, un Rodolfo ingenuo y caballero con las damas. Lo buscaba en la universidad supuestamente por coincidencia o casualidad y lo invitaba al cafetín con largas conversaciones sobre lo uno y lo otro, sobre todo hablando del campeonato de fútbol disciplina que era su favorita y del equipo de su ciudad el Bengala Fútbol Club, del cual se aprendió hasta los nombres de los jugadores.

En unas tres semanas, Patricia logró conquistar a Rodolfo no importando que su vecina Marisol quedó moralmente destrozada tal como se lo dijo ella misma el día que le reclamó haberle robado su novio a quien amaba sinceramente.

Allí, en esa situación frente a su ángel guía, Patricia se sintió terrible, lloró y pidió perdón porque su maldad fue tan cruel, que al mes de haber aceptado a Rodolfo como su novio, rompió con él porque ya no le gustaba. Todo fue fríamente calculado por su envidia a la chica vecina.

Al terminar con esa otra crueldad de Patricia en sus años de juventud, recordó su historia cuando siendo dama de compañía de la Reina María Antonieta de Francia, hizo lo mismo con una de sus compañeras acusándola de haberle robado unas joyas con el solo fin de separarla de su novio, terminó presa en la horrible cárcel donde murió al poco tiempo, consumida de dolor y enferma.

Es decir, en Patricia ha prevalecido la envidia siendo el pecado que más daño le ha causado a ella en ese registro astral donde es juzgada, sin saber el veredicto.

Miro de nuevo a su ángel guía, al Carlos de su juventud y le pregunta si ya ha terminado esa parte del viaje, porque hasta ese momento todo hace presumir que será sentenciada y sin remedio quedará en ese estado de coma por mucho tiempo más, tal vez la decreten vegetal y al final muere al retirarle los equipos que la mantienen viva.

Nada creas, le responde el ángel, deja que el tribunal decida, no te crees falsas expectativas.

Efectivamente, ella nada puede concluir, pero el remordimiento de conciencia es de tal naturaleza y tamaño que no la deja concluir otra cosa que no sea recibir el castigo que se merece, dejarla consumir en ese estado inerte, y ya será en la siguiente vida cuando comience a reparar tanto daño.

No, así no será el resultado esperemos, allí como parte de lo que sería un atenuante están su esposo Antonio, una gran persona y Juvenal su padre, un magnífico padre y esposo que no merecen un dolor tan grande como dejarla allí en ese coma por tiempo indefinido consumiéndose lentamente.

Hay que esperar, le repite el ángel, el tribunal siempre decide con justicia, dando las explicaciones y conclusiones y considerando muchos parámetros que cualquier humano no lo podría entender.

Han sido muchos mis pecados, señala Patricia, no creo me absuelvan, lo lamentaría por mis padres y mi esposo Antonio un buen hombre que me ha demostrado que me ama y desea lo mejor para nuestro matrimonio.

Los juicios que tiene el tribunal, sobre las acciones, actitudes y sentimientos humanos, son muy distinto a los juicios en nuestro mundo, así que esperemos con paciencia, sigamos en nuestro viaje y ya verás que la decisión será la más apropiada y tal vez la inesperada por nosotros.

Con esas palabras y el apoyo de quien ahora es su ángel guía, pero en la tierra fue Carlos uno de sus amigos en la juventud, la reconfortan con la esperanza sean piadosos con ella en sus decisiones.

El ángel guía, recibe una pregunta inesperada de Patricia: ¿por qué te escogieron a ti para ser mi guía?

Carlos el entonces su amigo, se sonríe, la verdad no esperaba esa pregunta, respondiendo, no lo sé realmente, será por el hecho de haber sido amigos, o por lista de guías para los que están suspendidos en el tiempo como tú, me correspondía coincidiendo con nuestra anterior amistad. La verdad que ni yo mismo lo sé, quede gratamente sorprendido al ver que era a ti a quien llevaría en este viaje por nuestro mundo y conocer esas anteriores vidas con los 7 pecados capitales en tu historial, la verdad Patricia que tuviste unas buenas vidas que muy mal las utilizaste, le expresó con un tono de reproche.

¿Has sido guía de otros que conociste? Pregunta Patricia, respondiendo, claro de varios entre familiares y conocidos.

De ellos no te puedo dar ninguna respuesta, ni comentario, ni aclaratoria, es nuestro juramento de silencio acordado por el tribunal y de violarse seríamos seriamente sancionados, así que dejemos esta conversación hasta aquí y continuemos con tu viaje, ya falta poco, pero aún tenemos camino por delante.

Así está la relación entre el ángel guía y Patricia, quienes siguen en el camino trazado en el registro de vida en el mundo astral de ella, mientras en la tierra, en la tercera dimensión Antonio, Juvenal y Elia, no se separan del cuerpo de ella a la espera de una reacción lo antes posible.

Ellos le conversan constantemente, con audífonos la conectan a la música que a ella le agrada, entre ellos a cantantes líricos y boleros de su época que tanto escuchaba en sus días de soltera.

Patricia, en su vida terrenal, ha sido una chica normal de su época, hija única, consentida en su infancia, muy consentida, la complacían en todo, absolutamente en todo, la casa de ellos siempre desordenada, juguetes por toda la casa inclusive en la cocina, balcón y baños, lógicamente la sala, el salón familiar y cuartos tanto de sus padres, como el de ella, todo desarreglado con juguetes de variedad en colores, personajes, temas y cuentos de esos momentos.

Todo por complacerla, la mimada, fue una hija que llegó casi de milagro, ellos no la esperaban después de años tratando de tener un hijo.

En su colegio estudiante la primaria, tuvo muchas amigas quienes enteradas que sus padres la complacían en todo, les agradaba ir a su casa para jugar, escuchas música, ver películas y todo mientras Elia su madre, los colmaba de caramelos, galletas, refrescos o jugos. En otras palabras, la casa de Patricia era un paraíso para sus amigas, y ya adolescente también para sus amigos, así que Patricia fue una niña sin grandes problemas, todo se lo resolvían sus padres e incluso los de sus amigos.

 Fue en la universidad donde conoció a Antonio, joven de buena familia, educado, que de inmediato conecto con sus padres y aquel noviazgo fluyó de tal manera que al poco tiempo se casaron siendo felices hasta ese momento de locura, de histeria que terminó en ese coma donde permanece desde hace 6 semanas y sin ella misma estar segura de lo que le sucede, está en su viaje astral, recorriendo sus anteriores vidas, según el historial desde tiempos ancestrales,

No se entiende porque ella teniendo una vida tan placentera, feliz y tranquila, de la noche a la mañana, es decir de un momento a otro, tuvo esa reacción de locura, de rabia con Antonio su esposo, es como si le hubiesen apretado un botón para que explotara su carácter, su verdadera personalidad.

¿Será que Patricia pasó su vida disimulando lo que no era, que en ese momento reaccionó y salió todo a flote, su frustración, o un amor escondido, una infelicidad reprimida, una conducta forzada?

Tan solo ella podría responder a esa pregunta o inquietud, ahora en esa cuarta dimensión donde está sola, sin tener que disimular frente a unos padres que la creen feliz, a un marido que en realidad no ha respondido a sus aspiraciones, y a unos amigos que la creen la chica perfecta.

En otras palabras, Patricia no aguantó más tanto disimulo, fingir, o aparentar lo que en verdad no es, ella no es como todos la ven, y esa brutal personalidad que a través de sus vidas causó daño, la mantuvo reprimida por tantos años allí en ese hogar de paz y tranquilidad con sus padres y luego ante su esposo Antonio que no le ha dado la felicidad que esperaba, pero es adorado por sus padres que lo creen el hombre perfecto para ella y para ellos, y finge, disimula y sigue adelante con su teatro hasta llegar al punto acmé, y explotar como lo hizo con la excusa de un ataque de celos hacia su esposo y al final entró a un estado de inconsciencia donde está atrapada y en un viaje que le hace ver su verdadera personalidad, su esencia como mujer con un alma confundida entre la maldad, el sexo y el pecado.

Esa es la verdadera razón de ese viaje astral, donde le desnudan su personalidad hasta llegar al inicio de su creación y razón de ser en su tránsito por un mundo que es al final, el germen de su existencia, donde sabrá el por qué fue como fue y ahora es un alma encerrada en un cuerpo y en una sociedad que la ahoga, la asfixia al punto de estallar con una fuerza y energía que la llevó a ese momento de inercia, de casi muerta y de donde deberá renacer dependiendo de ella misma, de su juicio ante el karma y al final del todopoderoso que rige todo lo que respira y se mueve en el universo.

Patricia no es realmente lo que se ve y como actúo hasta el momento del coma, su tiempo pasado fue convulso, agresivo, pecador, en pocas palabras muy fuerte y en este momento cuando le tocó vivir con Elia y Juvenal, sus padres, sus amigos en el colegio y universidad y con Antonio su esposo, a medida que crecía observaba que esa no era realmente ella, pero las circunstancias de esos momentos con el amor de sus padres, la facilidad económica y un novio hecho a la medida de las aspiraciones de sus padres, ella continuaba adelante, fingiendo, siempre fingiendo alegría, felicidad y paz, pero su revolución la llevaba por dentro, y sin saber cuál fue el verdadero detonante, ahogada en sus circunstancias ese día de la farmacia de Antonio con una chica con quien solo conversaba, explotó de tal manera que su organismo colapsó y en coma cayó casi sin signos vitales que los médicos lograron recuperar, pero no revivirla estando así desde hace 6 semanas recorriendo un mundo bello, maravilloso, con un ángel guía, pero que para ella de hermoso nada tiene al verse en su propia realidad y en su real personalidad que en esos momentos siente pena y vergüenza.

¿Cómo cambiara Patricia si su esencia es lo que es? una mala chica con todos los vicios y pecados que se puedan imaginar.

Pero su recorrido debe seguir, aún le falta presentar más cuentas, enfrentarse a su propia tragedia y verdad.

 No la tiene fácil, ella ahora lo sabe, su vida a lo largo del tiempo no ha sido lo positiva que debió ser, dejó muchas huellas en esos caminos y eso se paga, al karma nada se le escapa y en una vida o en la otra se paga, así siempre ha sido y con ella será aún más fuerte por sus condiciones positivas que las tiró al vacío.

El ángel guía, al terminar la conversación sobre sus pecados, maldades o fechorías, le expresó que la llevaría a conocer los tres niveles más importantes de ese mundo astral que tiene sus categorías con reglas diferentes. Patricia se mostró agradecida por cambiarle un poco el recorrido en ese viaje que hasta ese momento ha sido más de penas, que de glorias, mejor dicho, lo poco de esto fueron sus dos actos: el de compasión y el de amor, el resto fueron pecados, malas acciones e intenciones.

Dicho eso, hacen un giro desde el lugar donde están hacia el Bajo Astral, durante el recorrido la variedad de colores es infinita, inclusive ella misma reconoció que hay colores que parecen ser de su imaginación porque no son nada parecidos a los colores de su mundo, de la Tierra.

La admiración sobre aquel espectáculo entre luces, nubes y colores dispersos hacen de esa parte del viaje, algo especial despertando en ella un raro sentimiento de una paz que nunca había sentido, una paz en su corazón o alma, increíble, perfecto, así se lo expresa a su guía quien sonríe levemente.

Llegamos al Bajo Astral, le dice el ángel a ella en el momento de observar detalladamente aquellas luces muchas desconocidas, agregando que a ese nivel le dicen el del olvido, es el más básico, generalmente lo alcanzan quienes se inician en esto de los viajes mientras duermen, muchos lo ven así como un sueño, pero al despertar saben que allí estuvieron sin recordar lo que sintieron y vivieron.

Patricia notó qué al llegar allí, no había la variedad de colores que hubo durante el recorrido, igualmente siendo algo hermoso, no se sentía como extraordinario. Sencillamente se podría decir que era un nivel normal, bonito, pero sin la luminosidad que caracteriza lo astral.

Por allí solo pasaron y de manera somera, rápida, para continuar con esa otra parte del viaje tan inesperado donde ella vive esas experiencias increíbles, sorpresivas e inesperadas.

Continúan, llegan al nivel medio, es el llamado nivel de los sueños, es donde se va el espíritu de los humanos cuando sueñan pero que luego no los recuerdan.

Allí Patricia entendió la razón por qué ella nunca recordó un sueño, con algunos muy pocos recuerdos, solo un poco, pero la mayoría no le dejaron recuerdos, ella sabía que había soñado, pero eso nada más, después de eso ninguna idea le quedaba.

Entre más avanzaba en esa parte de su viaje, Patricia pensaba cuanta ignorancia en la humanidad en relación con todo el mundo que hay detrás de la muerte, lo corta que es la vida y la responsabilidad que se tiene para cumplir en su estadía en su plano, y al terminar no cargar con karma alguno, hay demasiada frialdad en los humanos en cuanto a cumplir en su rol en la sociedad.

Se lamenta que ella esté atravesando ese viaje, ese mundo más allá de lo físico, lo humano, en perfecta ignorancia, porque en sus años de vida no conoció, no le enseñaron la importancia de conocer lo astral, lo eterio, los planos en cada uno de ellos.

Ella tuvo que caer en ese coma para conocer todo lo que significa lo físico, el mundo nuestro lo que consideramos como real, pero que realmente es una transición al siguiente plano o nivel.

Ni estudiando en la universidad conoció algo de ese mundo astral, que es tan real como el humano que es de la tercera dimensión y de la cuarta y demás dimensiones nada se dice, nada se enseña, ni nada de esas verdades y realidades se sabe.

Tal vez muchos intereses humanos, han impedido que la humanidad no conozca todo esto relacionado a un mundo fuera del nuestro, se decía ella misma y luego a su ángel guía quien reconoce que tiene la razón, porque él lo vivió en su caso y realmente es increíble que los humanos al morir ignoremos totalmente lo que encontraremos del otro lado, que no es una escalera rumbo al cielo como nos enseñan desde que aprendemos a leer y escribir nuestras primeras palabras, es otro conocimiento muy distinto a un cielo y a un infierno lavando nuestro cerebro con esa posición limitando todo lo que necesitamos saber.

Patricia entre más ve, más se sorprende de su propia ignorancia culpando a un sistema mundial que solo muestra a la humanidad lo que les interesa, para manipularlos, encerrarlos en su propia ignorancia como es el caso de ella misma que de no haber sido por su histeria, su coma, y haberla sancionado, por ahora, con un viaje tan especial como ese, nunca, pero nunca, se hubiera imaginado las bellezas que hay fuera, en el exterior de la esfera de la Tierra.

Su ángel guía se alegra, que haya entendido la razón de esa parte del viaje muy diferente a lo ya recorrido con el recordatorio de los 7 pecados capitales en sus pasadas vidas. Se siente satisfecho de estar cumpliendo la meta y la intención de llevarla por esos niveles que recorren que le aclaran el panorama sobre su juicio y la posible sanción.

Patricia solo está aprendiendo en la práctica esa parte que le muestra su guía, pero en realidad el mundo etéreo, el astral, los tantos niveles en cada uno de esos mundos son temas poco estudiados siendo escasos quienes conocen de ello, lo publican o lo enseñan directamente. Son pocos, para los millones de habitantes que tiene la Tierra, es risible la cantidad de quienes saben, hablan y escriben sobre esos temas y todo lo que tiene relación con el mundo fuera del nuestro,

Patricia continúa su viaje, entre más avanza, más reconoce su ignorancia y culpa de ello a quienes rigen al planeta a aquellos que llaman elite e imponen todo lo necesario para hacer de la Tierra, un planeta a su medida e intereses.

Reflexionando sobre su vida pasada, esa que le mostró su ángel guía, violentado los 7 pecados capitales, Patricia reflexiona, se siente avergonzada con sus amigos, con quienes perjudicó y con ella misma por haber sido tan ignorante, tan irresponsable y tan poco sensible. Con un poco más de conocimientos sobre los mundos, las dimensiones, los niveles y todo eso que se vive en el astral y en el etéreo, tal vez ella y la misma humanidad se comportarían de mejor manera, con más conciencia y mejores decisiones.

En conclusión, le recalca a su ángel, que la humanidad fuera otra de tener todos los conocimientos sobre lo que hay más allá de este tercer mundo, y de esas otras dimensiones, sus acciones, así como las mías, fueran otras y gozáramos de un mundo más justo, más afectivo y abnegado.

Eso no le conviene a los poderosos, y lo mejor es casi un hecho que ellos si están enterados y proceden según sus conveniencias e intereses.

Patricia continua el viaje, llega al siguiente nivel, donde la vibración es alta, los colores que predominan son el verde y el naranja, un brillo extraordinario, según la decisión que tomen y no salgas del coma, podrías llegar a uno de esos niveles que también dependerá de tu situación con el karma.

Si deseas mi opinión particular, le dice el ángel, creo que aun te quedaras en la tercera dimensión y desde allí pagaras tu karma que es bastante cruel por tus pecados cometidos están catalogados entre los peores, y en esa medida serán las sanciones. Sigue a tu favor los dos actos de compasión y amor, además del arrepentimiento que has manifestado en el trayecto de estas 7 semanas que llevas en este viaje fuera de tu ambiente.

Es posible que ya debas regresar, de ser así, cuando menos lo creas estarás frente al tribunal y será nuestra despedida por los momentos.

El ángel, de manera disimulada se está despidiendo de quien fuera una de sus amigas en la tercera dimensión y ahora sirve de guía a aquellos que como ella está a la espera de una decisión en ese mundo astral.

Con 7 semanas en coma, Antonio y Juvenal, desean la opinión del paranormal Freddy Bustamante, han visto que por momentos Patricia da signos como de querer regresar, despertar, pero regresa al coma y es necesario saber si es positivo ese pequeño detalle en su profundo sueño.

Efectivamente, acuden nuevamente donde Freddy, quien con toda amabilidad los recibe, de hecho, los estaba esperando, sabía que regresarían porque Patricia a un no reacciona y eso es de preocupación para su familia.

Sentados en las mismas sillas de las anteriores visitas, Freddy ofrece café para hacer más natural, menos tenso el ambiente y previo al motivo de la visita, conversan un poco del trabajo del señor Juvenal quien a sus casi 70 años trabaja en construcción como maestro de obra contando con buen récord en construcciones de edificios, urbanizaciones y centro comerciales.

Con las risas que fluye de la amena conversación, Freddy sin esperar que ellos hagan preguntas, los aborda directamente señalando que Patricia esos intentos de regresar es parte de su viaje por el mundo astral, recorre gran parte de su vida y al terminar en algunas de ellas hace el intento, pero eso no depende solo de ella, sino de la misión que la llevó al plano más allá de la tercera dimensión.

Ustedes tranquilos, les expresa ella está en ese proceso y mientras así sea, indica que sigue con la vida suspendida, pero viva, con muchas posibilidades de despertar.

La amistad entre ellos tres, se hizo más cercana, Freddy entiende la situación de ellos y los atiende no solo para saber del proceso de ella, sino sencillamente para conversar y así se han reunido en restaurantes para cenar, o sencillamente tomar café.

A Freddy le interesa seguir el trayecto de ese particular caso, porque para él es una experiencia más sobre ese mundo astral, que estudia desde hace unos 5 años y han sido muy pocos los casos como el de ella. Mantendrá la amistad con ellos, estando casi seguro qué, ella despertará, pero lo más cierto es que no se acordará de ese viaje maravilloso que a pocos se les da la oportunidad.

Patricia conversaba con su guía, de aquellos días de colegio donde se conocieron cuando siendo Carlos, su nombre, uno de sus mejores amigos, y en ese momento, él se desapareció de su vista, es decir, el ángel ya no estaba frente a ella y como acto de magia, ella se vio en un salón inmenso, de solo luz blanca, sin nadie más, sola totalmente sola.

Estando así, sorprendida ante tanta claridad que por momentos la cegaba, escucho una voz fuerte, que le comenzaba habar: "Patricia hija de Juvenal y Elia y esposa de Antonio, has cometido faltas muy serias, has violentado los pecados que tienen las sanciones más fuertes, los pecados capitales."

La voz se escuchaba cerca de su persona, sin causar impresión en Patricia, era como si esa misma voz le inspiraba tranquilidad, paz, nada de alterarla, al contrario, ella sintió que la sanción sería de tal manera que la dejaran despertar, volver a su mundo con su familia.

Continuaba la voz que representaba el tribunal del cual le habló su ángel guía y allí vendría la decisión y así fue:

"Por tus acciones, de desobediencia, lujuria, envidia, soberbia, gula, avaricia, ira y pereza; tu karma no te permite regresar a tu mundo, a tu vida, tu acción de amor y compasión, y el arrepentimiento frente al ángel que te llevó por todos esas malas acciones, hemos respetado la negativa decisión de tu karma de no regresar a tu dimensión, solamente que tu convenzas con tu arrepentimiento y repares cada uno de los 7 pecados capitales, serás juzgada de nuevo y allí se decidirá de manera irrevocable".

Patricia, escucho las palabras finales; "¿Estás de acuerdo?" Respondiendo Patricia, con lágrimas en los ojos, que no perderá esa oportunidad, no solo por regresar a su familia, sino porque desea reparar el mal causado y quitarse ese remordimiento de conciencia"

"Tendrás el mismo tiempo en cada uno de esos hechos". Y la voz desapareció, aquel salón ya no fue más, Patricia apareció en Inglaterra, rodeada de Vikingos...

RECUPERAR LA CONCIENCIA

Patricia recuperó su nivel de vibración luego de ese ataque de histeria que la llevó al caos mental, terminando en el coma, ese sueño profundo que guiado por un ángel revisó su registro cósmico, y al conocer todo lo allí guardado, nada positivo por cierto con acciones que violaron los siete pecados capitales, ahora entra en el proceso de recuperar su conciencia, enfrentarse a ese mundo oscuro que formó en su horrible tránsito por esa vida y ascender al nivel de luz aumentando su vibración, ser ella quien controle su conciencia y reaccione regresando a su mundo, labor que comienza allí en Inglaterra donde inició su funesta trayectoria cometiendo el pecado de soberbia, donde puso de manifiesto en la persona de un hombre la maldad, la inconsciencia y la injusticia.

SOBERBIA - HUMILDAD

Patricia comenzará su cambio desde lo más profundo de ella, su alma, donde reposa el registro que debe limpiar, una labor que prometió cumplir ante el tribunal cósmico como la única manera y oportunidad de recuperar sus vibraciones, asumir la dirección de sus acciones y con ello salir del coma totalmente libre de un pasado terrible.

Para reparar ese pasado horrible, la remontan al mundo de los vikingos, donde ella en esa oportunidad demostrando la soberbia en su máxima expresión acabó con todo a su paso en el afán de poder, tierras y riqueza, en esta oportunidad para borrar esa funesta vida, debe ser humilde, con poder, pero humilde todo lo contrario a aquellos días de un ego enfermizo.

Allí entre los vikingos, así entre hombres rudos, fuertes, con enormes manos y piernas para ganar en cualquier encuentro, también entre ellos hubo   otros que no presumían de su fuerza, y tenacidad como aquel chico rubio alto, hijo del líder del momento, Gunnar a quien preparaban para sustituir a su padre en el momento de su fallecimiento.

Desde muy pequeño no solo lo comenzaron a preparar para ese fin, enseñándole peleas cuerpo a cuerpo, con espadas y armas como lanzas, puñales, hondas y cuchillos, sino que también le inculcaban el orgullo, la soberbia al creerlo mejor que el resto de los chicos del entorno y un sustituto del soberano en ese momento Alrik, hombre aun bastante fuerte, pero con una rara enfermedad desconociendo el momento de su final.

 Contaba Gunnar con 19 años, un joven, como todo vikingo, rubio de ojos azules, de buen cuerpo atlético, pero sobre todo de agradable trato, siempre ayudando en lo que fuera necesario, siendo el hijo del líder, trataba a todos por igual, hombres, mujeres, niños, a los mejores o no tan buenos guerreros, y en fin Gunnar querido y apreciado por su gente.

Gunnar era Patricia, en esta oportunidad en ese mismo momento de gloria de los vikingos conquistando territorios muy lejos esta nueva personalidad al de ese ayer cuando colmado de soberbia como Lieft, se apoderaba de las mujeres para esclavizarlas y a sus oponentes sin ninguna consideración los asesinaba siendo jóvenes, adultos o ancianos por igual con las mujeres.

Por esa vida que llevó como el poderosos Lieft, Patricia, fue sancionada en ese mundo astral como un ser cargado de soberbia y hambre de poder.

Con ese su primer pecado capital, abrió el registro astral de su vida como cualquier humano.

Ahora como Gunnar, y consiente como está que corrige su pasado fue todo un personaje en ese momento de gloria que vivieron los vikingos conquistando territorios y navegando hasta por mares desconocidos mostrándose como un líder, humilde, uno más de ellos, sin los privilegios que exigían sus antecesores.

Contando con 22 años, fallece su padre Alrik, asume con el apoyo de toda su gente, comenzando su gestión nombrando a sus colaboradores entre los más cercano en amistad y quienes fueron sus amigos desde pequeño.

Gunnar, un guerrero más, un hombre más que al casarse a los 24 años, respetó, amó y fue fiel a su esposa con quien tuvo dos hijos varones: Ulf y Bjorn, quienes continuaron las enseñanzas de sus padres basada en la humildad y justicia.

Así con ese cambio radical, Patricia comenzó su vida pecadora en retroceso, hecho que la hizo sentir más liviana, entendiendo que las buenas acciones, una conducta apropiada al caso que se considera y actuando con justicia, logra vibraciones positivas para manejarse en ese plano astral donde se encuentra.

Continúa su viaje en retroceso ya sin el ángel guía, tratando de pagar los restantes pecados capitales. Será esta la tercera parte del viaje de una Patricia juzgada y sancionada en el mundo astral, recordando que en la primera parte se le mostraron los 7 pecados capitales cometidos a lo largo de su tránsito por la vida y en cada rencarnación, sus malas acciones aumentaban y con ello las posibles sanciones.

Ahora se encuentra en esa parte donde busca reparar su mal proceder entendiendo que su alma está más allá de lo físico, con su propia conciencia a fin de reconocer la razón por la cual se encuentra en ese viaje mientras su cuerpo físico permanece en la tierra vigilada por su padre y su esposo.

Patricia aún no sabe que todo ese viaje, el primero y este segundo buscando pagar sus culpas, no las recordará al regresar a su cuerpo y despertar del coma.

Cree y así lo deben reconocer quienes la juzgan que ciertamente está corrigiendo su mal proceder en un proceso de transformación espiritual en la oportunidad de entender que también en anteriores vidas actúo con buena fe y un proceder acorde a lo que se espera de todos en su vida terrenal.

Dejó atrás en esa era de los vikingos donde formó parte, la soberbia y la ambición, siendo el primero de los pecados capitales corregidos como es la soberbia, cambiando drásticamente para la humildad siendo en su momento el líder, el conductor del poder que en esos tiempos tenían los nórdicos en gran parte de esa Europa de los siglos IX y X.

Superada esa parte de su mala vida, Patricia sabe que aún le falta mucho camino por recorrer, en tanto Antonio y Juvenal están a la espera que en cualquier momento ella reaccionará estará con ellos.

El tiempo transcurre totalmente diferente en la tierra, en tercera dimensión, como sucede en esa cuarta dimensión donde ella está.

ENVIDIA - EMPATIA

Uno de los pecados capitales más difícil de superar es la envidia, es un sentimiento negativo que se instala en el alma, en el sentir de las personas y para erradicarlo no es tan fácil precisamente por eso, que es un sentimiento, como el amor, el odio, que dominan tu propia vida, que se requiere de una actitud profunda de cambio para sacarlo de nuestra alma y pensamiento.

La envidia puede ser material al desear lo que otro posee, pero también desde el alma o espíritu, un amor como otro lo tiene, y por ello no es fácil erradicarlo de nuestro diario vivir.

Así lo sintió Patricia en la vida que le tocó como una de las damas de honor de la reina María Antonieta en Francia, allí le arrebato el amor y la pareja a una de sus compañeras recordando que siendo Esther envidió a su amiga Sofia por tener una pareja que se amaban de manera sincera y al final con trampas y artimañas logró lo suyo al punto que Sofia falleció en una cárcel.

Teniendo que combatir su propia envidia, entendió que es a través de la empatía, de unirse al sentimiento de felicidad y regocijó de los demás por lo que poseen, sienten o triunfan, que puede eliminar la envidia en ese momento de su pasada vida como una más del séquito de la reina de Francia.

Es así como regresando a ese mismo momento, Patricia en la misma persona de Esther, en lugar de cometer el atroz delito de arrebatarle el novio a una de sus compañeras, a Sofia, y provocarle su muerte, se identifica, empatiza con ella y la ayuda a lograr un buen final en esa pareja que son Sofia y Nicasio.

Mientras se ven a escondidas en uno de los lugares donde María Antonieta realizaba sus bacanales, ella ayuda a que nadie los descubra, porque de ser así, quien pagaría las consecuencias sería Nicasio, uno de los posibles amantes de la soberana.

Así Patricia, ahora como la Esther de buenos sentimientos y quien empatiza con Sofía, les facilita el camino para huir hacia un pueblo lejano donde vivirían felices para siempre.

La verdad es que Patricia al cambiar la envidia por la empatía hacia su compañera se sintió muy feliz internamente, es decir en su alma o espíritu y fue tanta su alegría de este cambio en el transitar de su vida, que allí en el coma movió sus manos apretando la sabana de la cama y ellos entendieron que nuevamente fue un intento de regresar, hecho que al final lo tomaron como un reflejo, una reacción involuntaria.

Pero Patricia, sonreía, y eso les llamó la atención y tanto Juvenal, como Antonio se miraron y sonrieron, pensando y manifestando, que ella está ahí   sigue vive, está viva y su reacción definitiva, sería pronto.

Si lograr cambiar la soberbia por la humildad le trajo un grato sentir en lo profundo de su ser, en esta otra corrección de su pasado, cambiando la envidia por la empatía hacia su amiga, fue mucho más gratificante, deseando continuar hacia la total rectificación de su vida, no solo por salir del estado de inercia donde está, sino por una satisfacción de felicidad pocas veces sentida.

Era el momento de visitar nuevamente al paranormal Freddy Bustamante, tal vez él tendría conocimiento de esas reacciones fuera de lo normal en un estado de coma que ya en dos oportunidades ha tenido Patricia y según los médicos son sencillamente reflejos, reacciones normales en esos casos.

Sin previo aviso, Juvenal y Antonio llegaron a casa de Freddy, con quien ya tenían una amistad más cercana, no tanto como consultas acostumbradas, sino como amigos con quienes se siente agradable conversar.

Le explican las últimas dos reacciones de Patricia, sobre todo una sonrisa muy parecida a felicidad. Que interesante le responde, si es cierto son reflejos, impulsos de su cuerpo físico, pero por algo son esas reacciones, el viaje que realiza por ese mundo astral es interesante, está muy ligado a hechos místicos que solo sucede en personas especiales y ella lo es de allí que ese coma podría haber sido inducido por esas fuerzas más allá del mundo nuestro. Ella estaba destinada en un momento u otro a ese viaje, y en eso está.

Que interesante, le agregaba Freddy, lo más triste es que nunca sabremos cómo fue, qué paso y cómo se sintió, porque al salir del coma, al estar nuevamente consciente, nada recordará. Todo eso solo quedará en su propio registro astral, no en su memoria.

En toda esa conversación con Freddy, ni Antonio, ni Juvenal, lo interrumpían, era todo novedoso para ellos y cuanto más hablaba más aprendían de ese otro mundo más allá del nuestro, el astral, o el de la cuarta dimensión. De tal manera que solo escuchaban y más deseaban hacerlo porque además les parecía lógico, que cuadraba perfectamente con la situación de Patricia, de quien los médicos desconocen todo lo que le sucede sin poder dar una repuesta a ellos que son los más sorprendidos de esa situación ocurrida de manera imprevista.

Continuaba Freddy explicando que hay muchos planos en el universo, pero son muchos los que como ellos, piensan que el mundo es solo el plano terrenal, donde vivimos y nos movemos, pero no es así, es la gran mentira que las religiones y muchos profesionales, se han dedicado a inculcarnos por conveniencia, bien por intereses personales, o por dominio o sencillamente porque de informar sobre la realidad del universo, todo se caería, quedarían al descubierto en la gran mentira en la que nos han educado.

Antonio y Juvenal, escuchaban toda esa narrativa de Freddy con los ojos de sorpresa, cuánta ignorancia en la gran mayoría de los hombres de la tierra. Que poco saben de ese mundo más allá del nuestro, de esos planos superiores donde inclusive se decide el destino de cada uno de quienes habitamos el planeta,

Solo nos hablan, continuaba Freddy, de lo que les conviene, estamos en un mundo falso, hay mucho que aprender y parte de esa enseñanza la está viviendo Patricia en ese viaje que realiza mientras está en coma, lástima les repito, les decía, que ella no se recordará de nada cuando despierte, al menos que se lo permitan y la autoricen que sería lo ideal para ustedes y para las enseñanzas que mostraría al mundo.

Todo eso que escuchaban el padre y esposo de Patricia, los tenía impresionados, pero lo bueno es que le creen, a todas las explicaciones que les da Freddy, las creen y entienden el por qué nunca aclararon al mundo ciertas dudas y preguntas sobre todo en lo referente a las religiones, a la evolución de los humanos y cómo fue creado el universo.

Prácticamente le dice Antonio, somos no solo ignorantes, sino manipulados y sometidos a sus propios intereses en lo económico, religioso y social.

Esa importante conversación, o se podría calificar como revelaciones que les da Freddy, se ve interrumpida por una llamada telefónica que recibió de importancia porque se vio en la necesidad de despedirse y salir hacia un lugar que no aclaró, solo les pidió disculpas de no atenderlos más, por un asunto urgente.

Salió y tras de él Juvenal y Antonio, quienes quedaron motivados a leer y documentarse sobre todo ese tema de lo astral, entender mejor lo referente al viaje de Patricia del cual les habló, pero también para ellos instruirse en ese mundo más allá de la tierra y estar más consciente de sus propias realidades.

LUJURIA - CASTIDAD

El segundo pecado capital de Patricia en aquella época de Lujuria, continuando en ese viaje aterrada del paso siguiente en su trayecto, cuando cayó en este donde, prostituida abusó de una vida colmada de vicios en todos los sentidos, hechos que ella misma ahora se horroriza al verse transformada cada vez en peores condiciones morales aumentando su karma reconociendo que hizo todo lo posible para eso que hoy la tiene pagando en un estado casi vegetativo como permanece desde hace dos meses, 8 semanas y aún le resta mucho para exculparse de su pasada y abusiva vida.

Teniendo que redimirse de su lujuria, ella tendrá que buscar todo lo contrario, algo muy parecido a la castidad, a una abstención de vicios como de sexo, drogas y el licor.

En esta etapa del viaje transformada en la dirigente de un grupo de ayuda para personas sumidas en esos vicios tanto hombres, como mujeres y adolescentes, Carmen Alicia es una señora joven de 32 años quien ella misma fue víctima de la lujuria desbocada en sexo con unos y otros, consumiendo droga y licor, logró reformarse gracias a Nerio Jesús, un chico de 35 años quien la rescató de ese mundo oscuro al punto de reformarla de tal manera que es ella quien ahora se dedica a rescatar a otras personas de todos esos vicios que configuran la lujuria en él mejor sentido de la palabra y es con él con quien comparte ese hermoso trabajo social en una ciudad consumida por el facilismo y el derroche.

En este trabajo casi una misión religiosa, Carmen Alicia visita bares y prostíbulos en busca de rescatar chicas y chicos utilizando para ello el don de la palabra que siempre lo ha tenido y bajo la tutela de Nerio Jesús tienen a dos chicos que desean salir de ese oscuro y fatídico vicio, pero no ha sido fácil, son vicios y como tales, no se sale de ellos de la noche a la mañana,

No fue fácil para Nerio Jesús sacarla de ese mundo oscuro, fueron unos 4 meses de trabajo de convencimiento, y ahora son esos dos chicos que han manifestado su deseo de dejar todo eso atrás, cuando ponen en práctica las experiencias vividas por ella misma cuando se alejó pero esas primeras semanas no fue fácil, Nerio con todo su amor y buenas intenciones se ganó el amor de ella y fue así como Carmen Alicia superó su crisis de lujuria, por un juramento que hizo ante Dios a quien pidió la fuerza necesaria para dejar atrás todo ese oscuro mundo y de lograrlo prometió trabajar para rescatar a todos aquellos que pueda cumpliendo con la labor que según su conciencia tenía la obligación de cumplir.

Carmen Alicia y Nerio Jesús conformaron una pareja ejemplar, con una vida casi en castidad buscando un hijo para conformar la familia que ambos deseaban mientras se dedicaban al bien sobre todo en jóvenes a quienes sumaban en ese grupo de ayuda ya conocido en la ciudad logrando la recuperación de unos 50 chicos incorporados tanto a la familia como a la sociedad con trabajos honesto.

Así supero Patricia su tercer pecado capital, la Lujuria borrando un pasado terrible gracias a la oportunidad concedida por el tribunal cósmico.

GULA - TEMPLANZA

Patricia ya sin guía, sola en ese viaje astral, le muestran el escenario para revertir aquellos pecados que la hundieron en ese mundo físico llegando al punto de un coma, en las puertas de un fin oscuro sin retorno por sus desafueros hasta alcanzar el récord de 7 pecados capitales en su haber.

 Le corresponde ahora reparar el siguiente pecado: la gula, violación en aquellos días del imperio romano en este momento bajo la dirección de Nerón, uno de los emperadores más funesto de aquellos que construyeron el gran imperio de esa era que perduró por muchos años.

En ese imperio bajo el déspota y sanguinario Nerón estaba Patricia en la persona de uno de sus séquitos, Tiburcio. Hombre inmensamente gordo, insaciable en pecados como la gula, abusando de comida y bebidas a su antojo sin lograr saciarse.

Además de esa gula manifiesta Patricia siendo Tiburcio abusaba de las jóvenes damas que robaban a sus familias para distraer en los bacanales que organizaban muy seguido, haciendo caso omiso de las necesidades de un pueblo al cual le quitaban sus pocas ganancias en impuestos cada vez más altos.

Allí una de las peores vidas de ella, en este transitar por el tiempo permitido, siendo representante genuina de la gula el pecado capital castigado para los tribunales de justicia entre ellos el cósmico donde se le juzga y espera su arrepentimiento con ejemplo a la humanidad revirtiendo ese pasado que es parte de la culpa que paga y seguirá pagando según se decida al culminar esta parte del viaje.

Entre más profundizan en las anteriores vidas de Patricia, más se horroriza de verse ella en tan lamentables hechos, pecados capitales los horribles pecados capitales.

Ahora en este mundo romano, fiel ejemplo de la gula, Patricia siendo Tiburcio debe cambiar su destino, superar un nuevo percance relacionado a los pecados capitales.

Es así, que acepta el reto, reúne fuerzas, aplicarse la templanza, lo contrario a la gula superando paso a paso la vida oscura que la llevó a aquel ataque de histeria producto de la acumulación de tantas vidas perdidas, desgatadas llevándola al estado de inconciencia, inerte donde perdurará de no satisfacer el tribunal cósmico con su juicio.

Ella está dispuesta a regresar a su casa, a su esposo y sus padres y cada pecado capital lo superará tal como ha hecho con la soberbia, la envidia, la lujuria y lo hará ahora con la gula.

Mientras el tribunal cósmico observa cada uno de sus pasos cómo va superado y cambiado aquellos días de soberbia, envidia y ahora la gula, sumando los resultados que serán, en definitiva, los que dará el veredicto, por los momentos aceptan el cambio de Patricia, no solo en reparar el daño que hizo, sino su arrepentimiento, su tristeza al verse en esas otras vidas tan funestas.

Patricia buscando reponer el pecado de gula, cambio de época salió de ese bacanal donde no había mucho que hacer con tanta perdición alrededor del poder no valía la pena su misión, las señales indicaban el fin de todo tal como sucedió, a los pocos días con una Roma consumida por el fuego y una sociedad y cultura que llegaban a su fin.

Optó por cumplir la reparación de su pecado de gula en los años 50 en donde renacían nuevas culturas, nuevas sociedades que superaban sus carencias y así se decide, se dirigió a un asilo de ancianos donde la comida falta, los recursos son escasos y la necesidad es mucha con poco auxilio del exterior.

En este sentido, ella llega y se ofrece para trabajar sin exigir pago alguno, solo se conforma en comer lo que haya y en el momento que se pueda, poniendo de condición que su ración sea luego de haber cumplido con los muchos señores de la tercera edad que allí tienen su apoyo y su seguridad de techo y comida.

Quien la recibe la hermana Rafaela, le agrada su propuesta y en verdad necesitan manos que ayuden en la cocina y al aseo de los tantos señores que necesitan ayuda para su aseo personal y de no, podría trabajar en la cocina.

La hermana Rafaela le pregunta su nombre, Magdalena le dice, y la hermana con cara de sorpresa le dice, que bonito nombre y apropiado para ese lugar donde se requiere de personas abnegadas y desinteresada.

De esa manera Magdalena, la Patricia de esta parte de su vida, comienza con su templanza en comida, en deseos mundanos y en apetitos de droga y licor, esperando hacerlo con amor y desinterés en favor de esos tantos ancianos que están allí en ese asilo de monjas cristianas: Santo Tomás de Aquino.

Con el pasar del tiempo Patricia como Magdalena se sintió como en casa, sin complejos, libre, apegada al bien y en ayudar en todo lo que sea necesario

Con agrado, con mucho agrado la observan quienes la juzgan y deciden al final de su viaje en esta parte de su vida, el tribunal cósmico.

Ella misma siente que este trabajo, buscando la templanza ha sido, hasta ahora la mejor parte de este recorrido por su vida oscura.

Se siente reconfortada, feliz al ver el agradecimiento en las caras de quienes reciben atención. Esos ancianos con humildad, paciencia y agradecimiento regresan el esfuerzo que hacen las monjas para que nada les falte.

Hubo un momento de escasez, solo quedaba alimento para dos días y no llegó la ayuda de siempre de parte de quienes son los benefactores del asilo.

A Magdalena se le ocurrió la idea de cantar, salir a cantar en las plazas frente a las iglesias y así lo hizo acompañada de otras monjas que tocan la guitarra. La idea funcionó y la madre Rafaela, la directora, le dio permiso para continuar con sus cantos que además permitieron dar a conocer que el asilo Santo Tomás de Aquino existe y requiere de ayuda, de tal manera que la idea logró sumar recursos para los tiempos de escasez.

En cuanto a su templanza, Magdalena solo comía una o dos veces al día algo de pan leche o queso, dependiendo la existencia.

Excelente el trabajo como resarcir su pecado de gula, época tan oscura de ella en esos tiempos del poder romano.

Así poco a poco Patricia avanzaba en su afán de cambiar sus pecados por buenas acciones cumpliendo con 4 de ellos, restando los otros tres.

Y a medida que ella cumplía con el compromiso contraído con el tribunal cósmico, en la tierra en su realidad, continuaba dando señales de estar allí, de una posible reacción en cualquier momento.

Antonio y Juvenal, admirados de toda la explicación que reciben de Freddy Bustamante sobre esa realidad desconocida para ellos, se preguntan cuál sería la urgencia de él al despedirse de esa manera tan repentina sin dar mayores explicaciones.

Ya lo sabrán porque seguirán escuchando todas esas verdades desconocidas muy interesantes y por lo tanto lo visitarán en cualquier momento.

Freddy ha recibido una llamada muy importante de otra paranormal, con un caso urgente donde ella necesita apoyo, refuerzo.

AVARICIA - GENEROSIDAD

Siendo prestamista, Patricia en su afán de dinero y más dinero, llegando al nivel de usurero, arruinó la vida de una familia por no cancelar el pago de los intereses, cometiendo el pecado de avaricia.

Al verse en esa situación en aquellos años críticos en la economía de su país, ella baja la cabeza, pide perdón a esa familia cuyos miembros aún viven sintiendo la vergüenza que eso le hubiese pasado a sus padres que horror se decía, que pena verme en esos años de usura como cualquier prestamista aprovechándose de la oportunidad para quitar propiedades, arrebatar todo lo que pudiera aunque eso fuera dejar a una familia en la calle como fue ese caso, así como fue usurera en ese especifico caso, hubo muchos más antes y después.

En esa era ella fue hombre, ahora desea serlo nuevamente para lograr el perdón del universo y perdonarse ella misma reparando el daño causado a esa familia. ¿Será posible ubicarla en caso de estar algunos de ellos aun en el plano físico? Respondiéndose que tal vez no sean exactamente, pero sí algunos de sus descendientes considerando que aquellos dos niños sean adultos y con sus propias familias.

Efectivamente así es, Patricia en esos años 60 fue un jugador de beisbol reconocido, uno de los mejores bates del equipo contando ya con una fortuna considerable como uno de los mejores pagados recibiendo pequeñas fortunas por cada contrato anual, así que con tanto dinero, crea una fundación para ayudar a niños y jóvenes a lograr el sueño de ser profesionales en alguna carrera, es así entonces crea becas para aquellos carentes de recursos acudiendo a colegios con chicos cerca de graduarse para ir a la universidad promocionando su fundación e invitando a que se inscriban para ser seleccionados obteniendo los recursos para llevarlos a profesiones que le garanticen su futuro.

José Luís Aparicio, es Patricia en ese momento, un señor grandes liga en la posición de primera base, buen compañero de equipo, buen hijo y esposo.

Con su fundación en favor de chicos y chicas que desean estudiar, ayuda a cientos de ellos logrando la satisfacción de formar abogados, ingenieros, médicos y profesores.

Así supero su pésima vida de usurero, con la fundación que la mantuvo por unos años hasta terminar su carrera con beisbolista debido a su límite de edad, pero al dejar su carrera, ya eran muchos los jóvenes que fueron profesionales gracias a su fundación Simón Bolívar, que la transfirió a un empresario, muy cercano a él, su propio hermano dueño de una cadena de comida rápida.

De esa manera la etapa aquella de usurera terminó con tan buenos resultados con su Fundación y sus deseos de ayudar a una nueva era de jóvenes de su país.

Ese gesto de generosidad, le valió el título del pelotero del año en varias oportunidades por su actuación tanto en su campo profesional, como en su vida privada en favor de la generación de relevo.

Bien por Patricia que poco a poco cancelaba su deuda con el cosmos y en esta ocasión su pecado de avaricia, de usurera termino como benefactora de una generación comprometida con su familia y su país.

Tal vez en ese buen grupo de jóvenes que lograron ser profesionales gracias a la Fundación Simón Bolívar, estaría uno de los descendientes de aquellos que sufrieron las consecuencias de su pecado de avaricia, ella solo esperaba que así haya sido, era uno de sus más caros deseos.

Ese largo viaje de ella por sus diferentes vidas, 7 hasta los momentos está detenido, pero no finalizado, restan otros pasos, dos en total en tanto en el plano físico, en la tercera dimensión continúan sucediendo hechos como la nueva amistad entre Antonio, Juvenal y Freddy unidos por el coma de Patricia, amistad que ha traído como consecuencia un despertar en la conciencia del esposo y padre de ella que ahora entienden un poco más aquel arrebato de locura de ella sin causa alguna y la razón por la cual permanece tanto tiempo en ese sueño profundo.

En la última conversación entre los tres nuevos amigos, quedó la preocupación de aquel caso urgente para el cual fue llamado Freddy interrumpiendo la interesante conversación sobre el mundo astral, las diferentes dimensiones, los viajes astrales y temas por el estilo.

Es Antonio, quien se preocupa por el caso que atiende Freddy, lo llama por teléfono y quedan en verse al día siguiente para continuar con las enseñanzas que les imparten y darles esperanzas en el despertar de Patricia.

Efectivamente Freddy poco comentó sobre la urgencia de una amiga, en eso los paranormales son muy reservados porque no todos lo entiende, o no todos les aceptan esas creencias de tal manera que es mejor quedarse reservados y poco comunicar sobre ese misterioso mundo astral.

Sin embargo, Antonio y Juvenal, nunca habían escuchado la palabra "astral", mucho menos conocer sobre ese concepto, pero no rechazaban aquellas explicaciones que les daba Freddy tratando que ellos comprendieran mejor la realidad de Patricia durante ese coma, esa situación difícil para ellos.

En esta oportunidad, ante nuevas preguntas sobre todo de Antonio en relación con ese punto y ¿por qué Patricia según él está en ese plano y para qué? Les explica un poco más indicando que la muerte es una transición a un primer plano, unos le dicen purgatorio, o creen que se presentan ante Dios y así cada quien tiene su creencia, pero según los estudios científicos de esta era hablan y ya reconocen que hay un plano superior o dimensión al nuestro, que es la tercera dimensión, el astral es la cuarta y es allí donde primero llega el alma o el espíritu de quien fallece, allí le revisan su vida que otros lo llaman Karma, es decir sus fallas, sus equivocaciones se convierten en eso, y depende como tanto sea, saben si esa alma tiene que reencarnar para pagar sus culpas, o lo ascienden a otra dimensión porque ya ha pagado lo suyo.

El caso de Patricia, como yo lo veo, les agrega Freddy, ella debe tener mucho karma y este coma es el viaje que ella realiza por sus vidas anteriores para conocer sus karmas, deben ser varios, porque tanto tiempo en ese viaje no es por placer.

No sé si en verdad me creen, les agrega, pero es mi opinión sobre lo que a ella le sucede. Como no es nada físico eso de las culpas, o karma, explica Freddy, los médicos nada saben lo que sucede, no lo entienden, nunca lo podrán creer porque este caso es espiritual, nada material, ni físico.

Antonio mucho más que Juvenal, entiende claramente tanto lo que Freddy les explica, como el coma de Patricia. Así se tranquiliza, ella está en ese viaje astral, lo piensa y cree, solo nos queda esperar, le dice a su suegro Juvenal.

Por su parte Juvenal, quien es católico de misa todos los domingos, aquellos conceptos no lo puede creer, no hay mundo astral, no hay tales viajes, ni hay karmas, sencillamente ella está en coma, inconsciente y punto.

Juvenal se levanta de la silla sale al balcón de la sala y allí de espaldas a ellos llora, llora mucho, cree que su hija no volverá, que no despertará, eso del viaje y el karma es una locura, un invento de esta era, lo dice en voz baja mientras se seca las lágrimas.

Por su parte Freddy sigue dando explicación a Antonio, le dice que el karma se trabaja a través de encarnaciones pasadas hasta lograr el nivel astral donde se le permita progresar y llegar al nivel astral iluminado, ascender, reencarnarse hasta la unificación final.

Antonio admirado de toda esa explicación que con convicción le está dando Freddy y le responde, que cuanta ignorancia hay en el mundo, cuanta información se requiere para poseer todos los conocimientos que van más allá de la mente humana.

Yo te creo Freddy, le dice Antonio, y creo que por el tiempo que lleva mi esposa en ese coma debe tener un viaje muy largo, porque su karma debe ser muy complicado.

Efectivamente, le dice Freddy, así es, has entendido perfectamente la situación de tu esposa, ella está en ese trance o viaje, como deseas decirle, y te agrego, que ese ataque de histeria que tuvo contigo y terminó en la inconsciencia fue provocado por el mismo mundo astral, su vida en la tierra ha sido un asco, un desastre, y en ese viaje le están mostrando su archivo astral que debe estar cargado de karma.

Así amigo Antonio, le agrega, tengan paciencia, ella estoy casi seguro regresará, pero no aún, su viaje largo significa que el karma es grande, esas reencarnaciones de ella han debido ser todas muy negativas, para varios karmas.

Juvenal, salió de allí más pesimista que cuando entró, aquella explicación de Freddy le parece una locura, su hija está en coma, en un limbo, y esa es la realidad. Ya no regresará donde Freddy, esa explicación está fuera de lógica, de la realidad.

Por su parte Antonio, salió de allí mucho más interesado en saber sobre el mundo astral, la conciencia, los planes astrales, los viaje qué si pueden ser posible y en fin que además de darle Freddy esperanzas sobre el regreso de Patricia, le encantó todo eso del mundo más allá del nuestro, del físico y seguirá visitando a Freddy cada vez que él se lo permita.

PEREZA - DILIGENCIA

Cuanta falta le hace a Patricia el ángel guía en ese viaje, con él conversaba, le opinaba, la ayudaba a entender, y ahora sola como está en ese momento, un "alma en pena" literalmente. Se siente muy sola, casi desamparada. Ese ángel guía debe regresar en algún momento de este viaje, se fue sin ella agradecerle tanto apoyo y comprensión.

Así se siente ella, un alma penando, reconociendo sus pecados, horrorizada de sus vidas pasadas y en fin que en todo ese largo trayecto estando acompañada por aquel ángel se le hizo menos pesado y triste esa travesía por el mundo astral.

Su viaje aún no termina, según aquel ángel, eran 7 los pecados cometidos por ella en sus vidas anteriores, así que aún le restan dos y va para el sexto de sus errores: la pereza.

Totalmente desordenado, en nada contribuía en la casa, mientras sus hermanos se distribuían las labores del hogar para hacerle más fácil la vida a su madre quien tenía que luchar para mantener s sus 7 hijos y a un esposo,

Ella, en ese momento un joven de unos 16 años era haragán en su máxima expresión, la pereza le brotaba por los poros, su cuarto siempre desordenado, sucio, la ropa regada en el piso la limpia y la sucia. Jamás se veía acomodado, mucho menos limpio.

En todo el sentido de la palabra Gilberto fue un haragán consumado.

Viendo ese capítulo de su vida ella se aterra cómo pudo ser tan desastrosa y sucia, lo veía en ese viaje y no lo creía.

Había que pagar, corregir ese horrible pecado de la pereza en todo lo que eso implica, ella lo corregirá con ser diligente, laboriosa que quienes la traten se sientan agradados por su empeño en hacer las cosas bien.

En esta oportunidad ella reencarna en Pedro Juárez, un señor que desde niño gustó del trabajo y a los 10 años ya vendía verduras en la bodega de su cuadra, atendida por el señor Héctor González, de unos 65 años. Pedro lo ayudaba en todo: acomodaba la mercancía en los estantes, mantenía limpio todo el local, atendía a los clientes con gran amabilidad, barría el frente y los costados de la acera, en fin, que todo el tiempo estaba activo, muy pocas veces se sentaba para descansar.

A Pedro le gusta el trabajo, ya a los 16 años tenía su propia venta de verduras, ayudando a sus padres con los gastos de la casa.

Siempre, Pedro siempre trabajando, ordenado, limpio dando ejemplo a sus amigos y hermanos quienes también trabajaban, pero no con el gusto y amor que él ponía en su trabajo.

Así fue Patricia en el pago de su karma anterior, la pereza y poco a poco salía de sus pecados mejorando el récord en su registro personal que se lleva en el mundo astral.

Ahora en ese estado de coma, inconsciente recorriendo sus vidas pasadas, reconoce que el tribunal cósmico tiene razón en juzgarla y aplicarle la sanción que debe ser, en lugar de justificar de alguna manera, tales pecados, ella los reconoce, se avergüenza y en todos ellos ha actuado sin conciencia, sin pudor y sin justicia.

Solo espera terminar con esa pesadilla de verse en sus anteriores existencias actuando tan descaradamente que la mantienen avergonzada como jamás pensó sería su vida al dejar el mundo físico porque en esos días de ser Patricia la esposa de Antonio e hija de Juvenal, actúo con amor, con dedicación y justicia, obviando en su conciencia lo que fue en su pasado.

Ella no sabía que después del mundo físico hay un mundo astral, espiritual o superior, como lo quiera interpretar, y mucho menos se enteraría que existe la reencarnación y al morir dependiendo de lo vivido y lo merecido vuelves a vivir en otro cuerpo.

De eso jamás le hablaron ni sus padres, ni sus maestros o profesores en la universidad, son conocimientos que tratan de mantenerlos ocultos y luego   cada uno paga las consecuencias como le sucede a ella en este momento.

Esto del mundo astral, es cierto, lo vive, lo siente y reconoce, que lindo será ascender o entrar a esta cuarta dimensión libremente solo para maravillarse en ello, todo lo que es, encierra y significa.

Patricia continúa con sus pensamientos y hablando para ella misma, al no salir de su impresión sobre como el estado de coma le ha permitido ver y reconocer su pasado, sus vidas pecaminosas, pero también la sensación de placer y alegría al estar allí en ese nivel astral del que poco hablan siendo esencial para conocer el sentido a la vida, las consecuencias de tus actos y el porqué de las reencarnaciones que muchos dudan que existen.

Así son las reflexiones que inclusive en voz alta la expresa en ese pasar al siguiente eslabón del viaje al próximo pecado cometido, siendo escuchada por el tribunal que la juzgan y ese pensar allí manifestado es considerado en el final del juicio, en la sanción que se le aplicará.

En ese conversar con ella misma se pregunta ¿por qué a esos pecados cometidos por ella se les llama "pecados capitales'"?

Interrogante que sin saber cómo, le llegó la repuesta, algo así como que están leyendo su mente y en esa misma mente le responden y le dicen que es pecado capital, porque implica que no solo es un pecado en sí, sino que arrastra otros pecados para llegar al pecado ya calificado como pereza, avaricia, soberbia, lujuria, gula, envidia y la ira.

Esas explicaciones tan claras y sencillas no los recibió en su momento, ahora entiende por qué la palabra "capital" al señalar esos pecados que ella cometió en el transitar de sus vidas pasadas y que en esta la juzgaran y para mostrarle sus hechos la llevan en este viaje donde no solo conoce todo lo que hizo, sino el por qué lo hizo, que resumiendo se concluye que lo hizo sencillamente por ignorancia. Y la ignorancia no exime al castigo, a la sanción, que puede ser menor, pero se paga.

IRA - PACIENCIA

A la dulce esposa e hija que es Patricia, reacciona con una furia tremenda, aquella donde lanzó lámparas por las ventanas de su casa, enfurecida se enfrentó a golpes con Antonio su esposo, parecía poseída por un ser del mal, irreconocible en aquel ataque furibundo contra quien es su pareja, sus padres y el mismo Antonio atónitos veían aquella Patricia poseída por una fuerza del mal, una iracunda mujer como nunca la habían visto, terminó en ese ataque de ira en un estado de coma donde se mantiene desde ese momento y de allí el viaje que realiza en el mundo astral no solo para mostrarle su ira, sino también sus otros 6 pecados capitales que cometió a lo largo de sus reencarnaciones siendo sometida a un juicio frente al tribunal cósmico que le tiene todos sus registros de sus acciones que determinarán si la regresan de su estado inconsciente o definitivamente seguirán andando por ese mundo cumpliendo la sanción que determinen para ella.

No es éste el primer ataque de ira de Patricia, en sus eras pasadas, en el colegio con sus amigas, con los profesores en varias oportunidades transformaba su dulce trato, su agradable proceder inclusive ayudando a sus compañeros, por ataques que los llegaron a confundir con epilepsia, así de fuerte eran sus reacciones ante un descontento, una contradicción que luego fue definido como ataques de ira, siendo el ultimo este que la dejó en coma desde hace dos meses.

Teniendo que revertir la ira por la paciencia, como su contra parte, Patricia se remonta precisamente a su época de estudiantes donde sus dos mejores compañeras, Miriam y

Zulema, fueron expulsadas del colegio como consecuencia de uno de esos ataques siendo acusadas de ser las causantes de su ataque de epilepsia que no era otra cosa que su ira, rabia en su máxima expresión.

Regresando en el tiempo, Patricia aparece en el tercer año de bachillerato donde compartió aula con esas sus compañeras Miriam y Zulema.

En la materia de Biología, ellas tres conformaron uno de los equipos. El salón de clases que albergaba a 42 alumnas se divide en equipo de a 3 para un total de 14 escogiendo cada uno su propio trabajo de investigación.

Ellas escogieron el tema de la salinización del Lago de la ciudad y como podría afectar a la fauna basándose en el hecho de la desaparición de algunas variedades de algas consideradas únicas en su especie,

Todo se desarrollaba de la mejor manera, ellas programaron el trabajo de cada una y se abocaron a eso, fue una investigación de unos dos meses teniendo que entregarlo al final del semestre.

Todo marchaba muy bien hasta el momento de atribuirse los créditos correspondientes, Patricia aportó los datos más importantes para concluir con el resultado, sin embargo, ella en la presentación de la investigación su nombre no fue resaltado, ni sus amigas le dieron los créditos que se merecía.

En aquella época de sus ataques de ira y prepotencia, su reacción en este momento hubiera sido de una ira impresionante, una cantidad de ofensas para una y la otra, sin embargo, ella se mantuvo paciente, aceptó aquella manera de presentar el trabajo con la humildad que no hubiera sido la misma en su momento de la Patricia de entonces.

Dominó su ira, aceptó con humildad el trato dado por sus amigas reparando la ira que provocó un coma que la sacó del mundo físico para emprender ese viaje en el mundo de la cuarta dimensión donde le exigen pagar sus deudas con el universo.

Va concluyendo el viaje al mundo astral de Patricia, para esa dimensión han sido unas escasas horas, en el mundo real ya van para dos meses por ello la preocupación en Juvenal y Antonio esperando en algún momento su despertar que cada vez se le hace más larga esa situación.

El mundo astral tiene 33 niveles, entre más bajo es más oscuro, casi un infierno como lo señalan en este caso la religión católica, a medida que asciende va ascendiendo al mundo eterio que son los planos transitorios para llegar a pagar todas las culpas y no tener que reencarnar más.

En el caso de Patricia que ha reencarnado varias veces, un mínimo de 7 de allí sus siete pecados capitales busca resarcirse ante el tribunal astral y de ser positivo podrá ascender al eterio sin tener que reencarnar más.

Largo ha sido el recorrido de Patricia en ese viaje por la cuarta dimensión mientras su cuerpo físico, la espera bien para un despertar y regresar a su vida cotidiana, o pasar un tiempo más en el astral hasta que se considere ha pagado su precio por tanta mala vida desperdiciada.

Solo queda esperar, tener paciencia sobre todo Antonio y Juvenal quienes teniendo ya la explicación del por qué está en ese estado inconsciente, deben continuar a la espera y en ese particular conversaran nuevamente con Freddy Bustamante, el paranormal que les ha dado esperanzas de la reacción de Patricia en cualquier momento, así acuden a una nueva visita y en este caso es más para conocer todas esas enseñanzas del mundo más allá del físico o terrenal, que recibir informaciones sobre el viaje de ella que ya está a la espera de la decisión para volver a su mundo, a su familia.

El matrimonio de Patricia y Antonio no está bien del todo, cuando a ella le da ese ataque de ira, más que de rabia y acaba con casi los muebles de la casa, no es de gratis, en verdad su esposo andaba en unos pasos peligrosos para la estabilidad de su hogar y su felicidad.

Algo hay entre esa chica con quien lo vio Patricia frente a la farmacia, ella tenía su duda y en ese momento comprobaba que su marido andaba en esas andanzas de los hombres en la edad peligrosa de los 40 años con esa chica de unos 28 años, bastante bonita y alegre tal como lo demostró mientras ella los miraba.

Así que la inquietud e insistencia de Antonio por saber si Patricia regresa o no de ese coma, se presume puede ser por varios motivos, se siente culpable de su salud porque él provocó la situación que terminó en el escándalo de muebles, lámparas y demás lanzados por la ventana, con el debido reclamo de los vecinos, o de no regresar ella de ese estado vegetativo tiene las puertas abiertas para continuar su relación con Magaly, la chica de la farmacia.

Así la situación puertas adentro del hogar de ellos no es tan feliz como se cree, venía con algunos problemas por no poder tener hijos encerrados en una rutina que lo llevó a buscar emoción y aventura por fuera de su matrimonio para sentirse vivo tal como se lo comunicaba a su amigo de confianza Carlos, única persona que sabía de esa posible relación extramatrimonial de Antonio.

Esos días del coma de Patricia que ya está cerca de los dos meses y medio, Antonio no vio a su chica, sentía culpa, pena, al ver a su abnegada y buena esposa en esa cama sin saber si saldrá o no de ese estado vegetativo.

La vida para todos los otros que rodean a Patricia, continúa, no se detiene, solo esperan, en tanto ese día Antonio y Juvenal se verán con Freddy para continuar de alguna manera cerca de un caso de coma que se explica está el mundo astral, en la cuarta dimensión.

Sin embargo, al estar con Freddy, conversan de lo uno y lo otros temas igual de interesante como ese del positivismo, de la metafísica que según unos cuantos testigos funciona de gran manera para quienes aplican los conocimientos impartidos por San Germain, Coni Méndez, el Doctor Alonso Puig y otros estudiosos del poder de la mente y la palabra.

Ellos son neófitos en esos temas, pero Freddy los explica de tal manera que se hace entender, convence y motiva a quienes lo escuchan a seguir sus prácticas ayudando así a muchos a salir del mundo material y elevar su espíritu, utilizar el poder que tiene la mente tal como lo enseñó Jesús pero que pocos lo entendieron y quienes lo entendieron los utilizaron para otros motivos como manipular y someter a las sociedades, a los pueblos   logrando ellos su beneficio personal o comercial. Pero el poder de la mente es totalmente cierto, les dice Freddy y los invita a ponerlo en práctica con la guía y ayuda que les daría.

La amistad entre ellos que surgió por el coma de Patricia avanzó de tal manera que llegaron a formar un equipo y diariamente acudían a su casa a recibir los conocimientos necesarios para dominar la mente, aprovecharla para su beneficio tanto personal, como espiritual haciéndolos sentir mejores personas y actuar de diferente manera.

Dada la confianza que Antonio le tomó a su suegro Juvenal, amistad que hasta el momento del ataque de histeria de Patricia era limitada, algo lejana, se fue haciendo más cordial, mas unidos hasta el punto de que habían de su matrimonio y del amor que entre ellos se fue apagando con la rutina, la costumbre.

Así se lo manifestó Antonio a Juvenal, quién para sorpresa de él, no lo criticó, tampoco se mostró molesto por tratarse de su hija, lo entendió, la crisis de los hombres a los 40 años es precisamente por esa rutina, porque la intimidad pasa a un segundo plano y porque el estar juntos es más por costumbre que por amor. Así que lo entendió todo y Antonio sintió un alivio, menos culpable por el coma de su esposa Patricia, así que fue un alivio para Antonio y un apoyo de parte de Juvenal para su yerno.

Esa situación entre marido y mujer se resolverá al normalizarse la situación de ella y enfrentar una realidad que a nadie beneficia, a nadie hace feliz.

Esa conversación surgió en el camino hacia la casa de Freddy, ambos se miraron sonrieron ya en la puerta para entrar a la cita.

JUICIO Y DECISION

Patricia por su parte, estaba a la espera de una decisión allá en la cuarta dimensión donde su espíritu recorrió sus vidas pasadas cargadas de malas acciones, malos momentos y pecados de los peores.

¿Que resta ahora? Se preguntaba, no está el ángel guía para que me explique qué puedo hacer, qué puedo esperar,

Teniendo pensamientos como esos, en el lugar donde ella estaba flotando, se abre un espacio, como nubes que se apartan, cargado de luz blanca y azul claro, al fondo varios ángeles vestidos con túnicas variadas desde blancas, a moradas, celestes y amarillas.

Es un espectáculo hermoso ante los ojos de ella, deslumbrada, impresionada, sentimientos encontrados, entre admiración, paz, pero también inquietud y temor.

Esos deben ser ellos, se dijo, el tribunal astral, ¿me tocará preguntar o ellos hablarán por si solos?

Ellos, a los cuales se refería eran esos hermosos ángeles que sonreían tratando de inspirar confianza, no miedo, nada de temor, ellos vienen a poner orden, a hacer justicia.

Pero no, esos ángeles hermosos, encantadores con sus lindas caras sonreídas, dan paso a quienes son los jueces, los encargados de dar el veredicto son tres: Exposición, Argumento y Sentencia.

También son ángeles, pero de superior tamaño y fuerza de luz a su alrededor. La claridad sobre ellos no permite detallar sus facciones, ni los gestos, son solo voces sin movimiento de labios, que llegan a la mente de Patricia, y al resto del tribunal integrado por esos hermosos ángeles que por ratos dan la impresión de un arcoíris sobre nubes.

Exposición:

Es el arcángel Chamuel el de la armonía y protector de la justicia quien inicia la parte final de este viaje de Patricia donde luego de verse en sus vidas pasadas cometiendo los 7 pecados capitales, escuchará la exposición de lo observado por ese mundo astral, donde están registrados los karmas de todos y cada uno de los mortales humanos.

Chamuel, aparece impresionante con inmensas alas blancas, con un hermoso traje rosado con toques blancos, se presenta ante ella, quien se sorprende frente a la presencia de tantos seres elevados, protectores de la humanidad, la emoción la estremece y un rugir dentro de sus entrañas la sorprenden, esa situación es mucho para ella, pero luego una calma interior que la siente como un soplido celestial, la ayudan a tener paz, esos ángeles tan hermosos tienen que traer cosas buenas, bendecidas, así que se tranquiliza y levanta la mirada para escuchar todo lo que dirá el arcángel Chamuel.

Con una voz sutil que sale de aquella figura angelical, comienza señalando que desde el inicio de la humanidad se llevan los registros de cada uno de los humanos, varones, hembras, niños y ancianos, todos sus actos están allí para este momento que hoy le ha correspondido a ella, señalando con su dedo índice a Patricia, quien sintió como una corriente por todo su cuerpo, pero bien lo disimuló.

Fue soberbia, se creyó superior de manera excesiva a todos lo que la rodeaban, siendo en ese tiempo hombre rudo y fuerte en la era vikinga, con trato cruel en mujeres, niños y ancianos. Menospreciaba a unos y otros, con clara demostración de sentirse superior en toda actividad y en toda su vida.

Esta soberbia, buscó corregirla aplicando la humildad, en esa misma era de los vikingos, siendo Gunnar el hijo del líder quien llegó a ser el rey demostrando sencillez, igualdad y humildad frente a su gente y con el enemigo. Fue un buen y justo rey.

Cometió así mismo el pecado de la envidia causando la muerte de una joven inocente al quitarle a su pareja y para ello la acusó de robo, delito que se pagaba con prisión, allí falleció por hambre y enfermedad.

Tal pecado, agrega el arcángel, lo redimió cambiando todo por la empatía, ayudando a su amiga en su relación con su pareja terminando felices en un matrimonio.

El pecado de Lujuria fue anulado por su arrepentimiento y formación de grupos sociales para jóvenes combatiendo sus adiciones con buenos resultados.

La Gula, pecado cometido durante el emperador Nerón, siendo uno de sus principales acólitos, fue reparado tal pecado por sus ayunos diarios trabajando en un asilo para ancianos, dando ejemplo de constancia y paciencia.

Avaricia, el otro pecado cometido contra una familia que destruyó por su ambición de riqueza en deterioro de quienes caían en sus manos como prestamista, profesión que luego la cambió como jugador de beisbol logrando ganar mucho dinero que donaba a través de fundaciones para niños y jóvenes que aspiraban ser profesionales.

Pereza el pecado que le acusó muchos enojos e inconvenientes a su madre durante su juventud, lo invirtió en trabajo intenso desde la temprana edad de los 10 años.

Por último, dijo el arcángel Chamuel está el pecado de la ira cometido en varias oportunidades entre ellas, la última contra su esposo que la llevó al estado de coma donde aún permanece y por eso se juzga en este viaje. En anterior caso su ira fue contra sus amigas del colegio con quienes se disculpó en un trabajo de tesis.

ARGUMENTOS

Cumplida esa parte sobre la exposición de los pecados, y la reconversión, pasan al siguiente: Argumentos, que estará bajo la responsabilidad del Arcángel Riel el de la sabiduría, visión y comprensión.

Aparece en su vistoso traje verde con amarillo, con sus bellas alas y su hermosa cara que inspira paz y tranquilidad, rodeado de luz blanca brillante inspirando la paz en todos sus actos.

Siendo el responsable de los argumentos de lo uno y lo otro, es decir de los pecados cometidos por ella, y su reconversión más tarde, inicia con voz suave pero segura, firme inspirando lo que se necesita seguridad en la decisión final.

No se extendió mucho, ya en su oportunidad el Arcángel Chamuel dio las explicaciones de los hechos, así como la reconversión y el arrepentimiento de quien es juzgada en este momento.

El Arcángel Riel, con sabiduría expuso que las circunstancias que rodearon los pecados cometidos por Patricia ayudaron a su decisión de violarlos, no son justificable, pero si se consideran dado el arrepentimiento por ella demostrada a lo largo del viaje realizado con su ángel guía, siendo sincera su reacción que valoramos y aceptamos.

Su proceder en esta vida ultima, ha sido correcta en su matrimonio, en su vida familiar y en su propio actuar, todo eso son buenos argumentos en su favor, razón por la cual se le dio la oportunidad de rectificar tal como lo hizo con convicción.

Prácticamente el arcángel Riel favoreció a Patricia abriendo el camino para ser absuelta por el tribunal cósmico, sin embargo, se debe esperar la deliberación poniendo todo en la balanza de su vida incluyendo aquellas acciones voluntarias cargadas de amor hacia el prójimo.

Patricia, al concluir el juicio, lloró, por nerviosismo al desconocer la sentencia, pero también por la culpa que siente al verse en esa situación por su manera de responder a la oportunidad de siete vidas, siete oportunidades para valorar el concepto y la vida en sí, no aprovecharlas y por el contrario las tiro a un abismo inalcanzable que hoy la mantiene en manos de unos seres celestiales encargados de juzgarla y sentenciarla.

Ella acepta la decisión que tomen y bajo las condiciones que decidan   reconociendo que no todo fue positivo para ella, reconoce que no respondió a las expectativas de su creación, a pesar de las actuaciones positivas, humanas y sinceras que tuvo frente a casos realmente lamentables que necesitaron de sus buenas acciones, tal como fue.

Por todo ello, definitivamente ella espera la sanción que sea conociendo el grado de imparcialidad de quienes conforman ese tribunal cósmico y la impecable justicia que en ellos impera.

SENTENCIA

En un tiempo que a Patricia le pareció infinito, el tribunal dirigido por el Arcángel Miguel, el más poderoso y respetado, se presenta ante ella y demás ángeles que presencian tan novedoso e importante juicio, rodeado de luces indescriptibles de variados colores, una especie de múltiples arcoíris a su alrededor levanta sus alas, todos lo miran con respeto y admiración.

"Patricia, dice aquella voz sutil, angelical, has tenido un juicio minucioso, ajustado a los hechos, considerando tanto la exposición, como los argumentos, te sentenciamos a salir del coma, cumplir exactamente la nueva pauta de tu vida, acompañada de tu ángel guardián a quien respetaras, obedecerás y acudirás en tus dudas. El viaje a terminado por los momentos regresarás a tu hogar."

Juvenal está en esos momentos solo en la habitación con Patricia, Antonio está en un encuentro con la chica de la farmacia con Magaly, nada sabrá de lo que está por pasar en ese cuarto de la clínica. Patricia ha sido perdonada en el mundo astral, para ella solo han pasado pequeñas ráfagas de tiempo, en tanto en el mundo real, ella tiene casi tres meses inerte, inconsciente.

Parado en la puerta del cuarto Juvenal conversa con el enfermero que durante todo ese tiempo ha cuidado de ella, en ese instante conoce que ella no ha podido tener hijos y eso ha perjudicado a su matrimonio con el cambio de aptitud y comportamiento de Antonio.

EL DESPERTAR

Juvenal escucha un gemido, mira hacia la cama y grita, Patricia, Patricia, y corre hacia ella, la abraza, la besa en la frente, en las manos y grita "ha vuelto, mi hija ha vuelto".

Todo el personal de la clínica, médicos, enfermeras, vecinos de los cuartos, corren hacia la habitación de Patricia. Efectivamente, ella revivió literalmente, sonríe, abraza a su padre y le pregunta "¿qué me paso?". Juvenal le responde "nada hija mía, un largo sueño, nada más" y la vuelve a abrazar.

"¿Y Antonio?" pregunta con la voz muy baja. "Salió un rato, ya debe venir", le responde su padre, tomándole la mano.

Poco a poco, aquellas personas que acudieron al cuarto, después de saludarla, se fueron retirando, quedando sola con su papá, a la espera de su esposo.

Comienza la conversación más fluida entre padre e hija, como era de esperarse, del viaje astral que realizó en ese tiempo, ella nada recuerda, pero una voz en su interior le decía que no todo fue un sueño, y es cuando pregunta el tiempo que estuvo en coma y se impresionó cuando Juvenal le dice que han sido cerca de 3 meses.

¡No puede ser! Responde, ¿tanto tiempo estuve dormida?, todo lo decía en voz tenue. Se sentía cansada, pero dormir más, no lo quería.

Estando en esa conversación llega el médico y su equipo a examinarla, le toman sangre, le hace el electrocardiograma, le toman la muestra de orina y en fin un examen minucioso.

Algunas preguntas del doctor normales, tales ¿cómo se siente? ¿qué recuerda?,

Estando todo el equipo en el cuarto, llega Antonio, quien al abrir la puerta y ver todos eso allí, pregunta en voz alta, ¿qué sucedía? Y a una sola voz todos respondieron "despertó".

Rápidamente se acerca a ella, efectivamente, Patricia está despierta, sus ojos abiertos, se abrazan y él la besa en la frente y mejilla varias veces, ella aun adormecida, sobre todo su mente, solo sonríe y le toma la mano.

Se retiran el médico, demás personal y algunos de sus vecinos de los cuartos.

Al fin quedaron solos los tres Patricia, Antonio y Juvenal, los dos hombres se abrazan, ella sigue con vida, ¿qué viene ahora?

Qué buena pregunta entre ellos dos, saben de la existencia de la chica de la farmacia, Magaly. También del proceso mental que se debe producir en los próximos días en ella. Así que guardan silencio, solo queda esperar los resultados del examen y las recomendaciones desde el punto de vista profesional médico e igualmente del paranormal, Freddy

Bustamante. quien desde el punto de vista astral solo él puede saber qué hacer.

Han pasado 24 horas, Patricia cada vez más lúcida, conversan un poco más fluida sus palabras, su semblante ha mejorado y solo esperan los resultados de los exámenes, las palabras de los médicos tratantes, para regresar a casa.

Mientras todo ese proceso ha pasado, la madre de ella Elia, quien no ha estado nada bien con sus constantes dolores de cabeza debido a su alta presión, poco la ha visitado últimamente, sin embargo, ese día ya con Patricia despierta, la visita, lógicamente el encuentro muy emotivo, su madre llora, pero busca no exaltarse, no le conviene por su estado de salud, situación que le impidió atenderla como madre y en su lugar asumió el control Antonio como padre y buen esposo quien cuidaba también de la salud de su señora.

Los resultados de los exámenes arrojaron que todo está en sus niveles normales, Patricia está lista para incorporarse a su vida normal, pero ella aparte de su parte física, siente una presencia a su lado, ella la comienza a llamar su ángel de la guarda, no le consigue otra explicación.

Esa situación es apropiada para consultarla con Freddy, pero ni Antonio, ni Juvenal, conocen de esa especial compañía de Patricia, más adelante todo se sabrá con sus consecuencias.

La decisión tomada por el tribunal cósmico no es juego, ella será vigilada y debe cumplir con una vida ajustada a la sentencia expresada por el mismo Arcángel Miguel.

A medida que pasan los días, Patricia normaliza su vida, el tema de la chica de la farmacia que desató toda esa locura en ella, no se mencionó más, por el momento.

Han pasado 8 días desde que despertó del coma, salió de la clínica y está en casa en una vida aparentemente normal.

No es realmente tan normal, no como era antes de la crisis de ira, ahora ese hogar hay una tensa calma que todos la sienten pero nada dicen, nada comentan, cada uno lleva su procesión por dentro y de feliz muy poco, mucha en apariencia, de la boca hacia fuera, pero internamente en cada uno de ellos sienten que desde el despertar de Patricia el ambiente cambio en la casa, hay un algo extraño que no les permite ser como era en aquellos días felices de verdad, disfrutando de conversaciones fluidas, haciendo chistes sobre ellos mismos, escuchando música, compartiendo una película o serie frente a la televisión, es decir era un hogar cualquiera, feliz como cualquier familia.

No es así ahora, comenzando con Patricia y su sensación de ser seguida por alguien, de mantenerla a su lado como un juez que vigila sus pasos. Lo de ella es algo fuera de este plano físico, algo que le ha quedado desde ese coma por tantos meses.

Luego tenemos a Antonio, quien aún ama a su esposa Patricia y se preocupa por ella, sin embargo ese amor se convierte día a día en una amistad, una compañía y un apoyo para sus decisiones, pero el amor eterno que se jugaron, ya no es más, está quedando a un lado y no precisamente por la falta de hijos, es algo más profundo es la perdida de la pasión entendida más como la necesidad de ese fuego interno que es el amor y que va muy unido a una relación íntima con entrega, con la necesidad del uno por el otro.

Ya eso se perdió en Antonio y lo sabe y reconoce, por eso surge y nace en él un sentimiento especial por Magaly quien le corresponde a pesar de la diferencia de edad.

En tanto Juvenal a su edad busca algo que le llene su vida, que le haga sentir interés para vivir y no estar en un limbo existencial, necesita una motivación, su esposa lleva su enfermedad con resignación cuidándose según las indicaciones, no está para viajar, disfrutar de playas, montañas y demás en esos sus años de retiro. Ella sería su pareja ideal, desea otro sentido a su existencia, pero no encuentra el camino.

Los cuatro, aparentan ser felices, no tener problemas llevando aquel peso que por sí mismo reventará en cada uno de ellos y quien así lo siente es Antonio y para reventar ese "globo", busca el momento enfrentando la situación, seguro como está que todos en su momento se quitaran la careta de felicidad y desahogaran sus frustraciones.

No hubo necesidad de esperar mucho tiempo, esa noche la cena fue en total silencio, todos concentrados en sus propios pensamientos, solo se miraban, sonreían y continuaban cenando. Así terminaron, Patricia recogió la mesa, su madre la ayudo en la cocina, limpiar y acomodar y al poco tiempo regresaron a la sala, allí están Juvenal y Antonio viendo el partido de futbol entre el Barcelona y el Real Madrid, en silencio total.

Ellas se unen para ver el final del juego, han pasado unos minutos, al fin Antonio explota, "¿se puede saber que nos pasa? Su esposa y sus suegros reaccionan, lo miran con cara de interrogación, algo así como ¿y a este que le pasa?

NUEVOS CAMINOS

Se levanta con un impulso, se coloca frente a ellos y sin más preámbulos le dice a su esposa, Patricia que no te de otro ataque de histeria porque de otro coma no te sobrepondrás, así que toma esto con calma, la chica de la farmacia que te provocó una furia, se llama Magaly, me agrada, le agrado y por los momentos somos solo amigos, pero será algo más, tan solo esperaba tu recuperación para aclarar todo. Ni tú, ni yo somos felices, debemos pensar bien nuestro futuro.

Miró a Patricia y en ella no hubo repuesta alguna, se mantuvo tranquila, se levantó, solo lo miro y le dijo, has lo que quieras, yo tengo otra misión. Fue a su cuarto, se acostó tranquila y volvió a sentir la presencia de alguien a su lado.

Antonio quedo atónito, impresionado, miro a sus padres expresándole que pronto se iría de la casa, no hubo reacción alguna de ellos, daban por un hecho esa realidad luego de expresarle a Patricia que estaba en amoríos con otra chica.

Juvenal y Elia se tomaron de la mano en dirección hacia el cuarto y efectivamente entre ellos ya era amistad y compañerismo, pero es lo normal en esa parte de la vida.

Al estar solos en el cuarto Juvenal le dice a su esposa ¿sabes que hay un mundo astral? Fue allí donde estuvo Patricia todos esos meses en coma. Ella lo mira, claro que lo sé, no soy tan ignorante, tú ¿cómo te enteraste de eso? Larga historia, le contesto, luego te lo explico.

Patricia al llegar a su habitación sin mediar palabra con Antonio, tomó su almohada, su cobija y se despidió de él con un beso en la mejilla, dormiré en el cuarto de huéspedes, por mí no te preocupes, tengo mucho que hacer y a eso me dedicaré, Tranquilo Antonio, haz tu vida. Se retiro y Antonio la miró no sorprendido, sino comprensivo.

Ya en su habitación donde pasará las siguientes noches, patricia continuaba sintiendo la presencia de alguien a su lado, se decidió y le habló, palabras menos, palabras más, le dijo: "si eres tú el ángel de la guarda que me asignaron, de alguna manera manifiéstate sabes que tengo misiones que cumplir".

Esa no es la Patricia, esposa de Antonio, ni hija de Juvenal y Elia, es ella físicamente, pero en su interior, en su esencia, su espíritu, es otra totalmente diferente y en realidad sus días que le han permitido vivir en este mundo terrenal, será de otra manera muy distinta porque está avergonzada de sus vidas pasadas y de ese ataque de histeria frente a su familia y vecinos.

Borrar de la mente de ellos esa terrible y penosa imagen no será fácil tan solo con el tiempo y la nueva vida que ella llevará lo podrá lograr, por eso espera la repuesta de su "ángel guardián" para iniciar el camino que se ha propuesto.

Ella poco a poco se acostumbrará a sentir a su lado esa presencia especial, deduce que no se manifestará en el plano terrenal, ya sabrá como será la relación con él y en qué consistirá su guía y apoyo.

Por los momentos ella, se olvidará de esa esencia a su lado, actuará normalmente y para comenzar, se irá a la plaza de la esquina para entrar en contacto con la naturaleza, pensar y buscar una vida acorde con su hogar y la ciudad.

Efectivamente, ella no recuerda todo lo sucedido en el viaje astral por sus vidas pasadas, mucho menos recuerda el juicio donde estuvo frente a frente con los arcángeles Chamuel y Miguel, y toda esa bella realidad del mundo más allá del terrenal.

Patricia no entiende, pero algo sucedió en el tiempo que estuvo en coma, no es posible que haya reaccionado de esa manera tan fría e indiferente con la revelación de Antonio y Magaly la chica que estaba con él en aquel momento que despertó en ella ese ataque de furia, es diferente, ella definitivamente no es la misma, esta Patricia después del coma, no es la misma y se lo cuestionaba, cayendo en ese momento en un limbo mental, su mente quedó vacía, inclusive perdió la dirección de su casa. ¿Dónde estoy?, ¿Cómo regreso?, se volvió a sentar en la misma banca esperando refrescar la memoria, no era posible que esa sea la consecuencia de haber estado tres meses en coma. ¿Y ahora qué hago?, sencillamente esperaré algo vendrá a mi mente se dijo, se relajó y tranquila espero.

Allí en ella, en ese momento, actúo su ángel custodio, ese que ella siente la sigue, lo mantiene a su lado.

Efectivamente, ese ángel actúo, en los siguientes minutos llegó alguien a su lado, se sentó dando los buenos días, ella respondió y al mirar al caballero ella sintió una corazonada, esa rara presencia de alguien volvió a ella.

Patricia a los 28 años recién cumplidos, es una chica linda, con su tupido pelo castaño claro, unos ojos café y sin maquillaje como está en esos momentos se ve fresca, natural, llamando la atención del caballero sentado a su lado iniciando con ella una conversación cualquiera alabando lo lindo de la plaza, el día hermoso en ese eterno verano de la ciudad donde están y así entre una cosa y otra pasan un buen rato propicio para ella sin pena alguna expresarle que está perdida, no recuerda dónde está su casa tal vez a consecuencia de un coma por largos tres meses.

Al decir eso del "coma" le llama la atención al caballero en cuestión, la mira a los ojos, ¿será usted Patricia?, tengo unos amigos que acaban de pasar por esa situación y mencionaban ese nombre.

Si, soy yo, le responde con cara no sabe si de sorprendida o de interrogación pensando en esa intuición de tener a alguien a su lado ¿quién le envió a ese señor?

¿Y cómo se llaman esos amigos?, le pregunta ella, Juvenal y Antonio, le dice a la vez que le extiende la mano presentándose como Freddy Bustamante.

¿Casualidad?, ella extrañada por lo que sucede, se voltea un tanto y mirándolo a la cara, "esos son mi padre y esposo", agregando, de ¿dónde los conoce?

Allí Freddy se quedó mudo, no sabía que responder, ¿cómo explicarle que él los ayudó a entender lo de su coma? ¿cómo decirle que es un paranormal que ve más allá de lo físico y conoció que ella estaba en un viaje astral, del cual seguramente no lo sabe?

Entonces Freddy solo se limitó a decir, que en una conversación como amigos hace unos días cuando se encontraron por casualidad en la entrada de la clínica, él visitaría a un amigo.

Aquel encuentro de Patricia y Freddy fue incómodo para ambos, así que él rápidamente cambió de tema ofreciéndose a acompañarla hasta saber en dónde vive.

Le regresa a ella esa preocupación, en verdad ¿dónde vive? Por casualidad señor Freddy ¿usted no sabrá dónde viven ellos, Antonio y Juvenal?

Claro, estamos cerca, vamos yo la acompaño y levantándose le tiende la mano, ella confía, acepta la invitación y siguen caminando hacia la derecha por la avenida principal, a escasos 10 minutos está la residencia de ella.

Es aquí, le dice Freddy, ¿recuerdas esta casa?, si, gracias, es nuestra casa, le tiende la mano con una sonrisa, me salvaste, pareces enviado por un ángel, no sé que hubiera hecho si no llegas.

Los caminos de Dios son impredecibles, pero correctos, le responde Freddy quedando encantado como es y cómo llegó a conocer a la tan mencionada Patricia.

Caminando hacia la avenida, Freddy sonríe, ¿eso encuentro fue casualidad? Claro que no, en el viaje astral que él tuvo en la noche, antes de dormir, se vio y la vio a ella en ese lugar, en esa banca de la plaza.

Que linda es, se dijo, reconociendo la suerte de Antonio de tenerla como esposa.

Al llegar a la casa contó a Antonio lo sucedido, quien sorprendido por ese encuentro ¿casual?, no lo cree, Freddy es paranormal allí paso algo extraño, pero nada dijo a Patricia quien hizo el comentario con total inocencia de esa realidad entre su esposo y Freddy.

Sin pensarlo mucho, Antonio se comunicó con Freddy para darle las gracias por haber ayudado a Patricia en esa situación, sin hacer mayores comentarios, quedaron en verse para saber qué pasará con ella con el venir de los días porque esa laguna mental ¿podría repetirse?

Antonio no profundizó con ella ese encuentro "casual" con Freddy, tampoco la laguna mental que en verdad debe preocupar porque podría repetirse quien sabe con cuales consecuencias.

De tal manera que la situación de Patricia no se ha normalizado, han quedado vacíos, y de esa situación cree Antonio que los médicos nada saben, sin poder ayudar. Queda solo Freddy para orientar y explicar de alguna manera si eso es normal en las personas que han pasado por un coma,

En esa nueva situación inesperada de Patricia, Antonio, buen esposo a pesar de su situación sentimental con Magaly, no la puede abandonar, su separación se aplazará hasta llegar al fondo de esa nueva alteración en la mente de ella. Eso es así, él tiene una responsabilidad que no abandonará, buscará a Freddy a quien tiene a la mano para orientarlo o si sabe un poco más sobre las consecuencias de un viaje astral como el que Patricia realizó permaneciendo inerte en su cuerpo físico por tres meses y unos días más.

Llegará el momento cuando Patricia se encuentre con Freddy y conversen sobre su coma y él aprovechará para conocerla más, quedó realmente impresionado por su belleza natural, su sencillez en su comportamiento y en fin como un ser que viajó por el mundo astral y algún día será consiente de tal realidad y para el es una oportunidad de poder profundizar sobre ese mundo místico que cada vez se hace más normal en la vida de los humanos.

Al llegar la noche, en la cena de la familia, Patricia que no es la misma de cuando entró en coma, es más callada, fría, indiferente, busca estar sola, alejada, definitivamente, no es la misma.

Allí estando en familia, comenta la sensación que tiene sobre alguien que está a su lado, que la acompaña y es como su sombra, no tiene temor, sencillamente que desea saber si ¿eso es consecuencia del coma, es algo tan solo de su mente o ella está conectada de alguna manera con un ángel?

Al nombrar la palabra ángel, ellos tres se miran, y Antonio pregunta, ¿por qué dices de un ángel? ¿de dónde sacas esa idea?

No lo sé, sencillamente es para que me entiendan la sensación de tener a alguien que está conmigo siempre, pero no lo veo, no me habla, solo tengo esa presencia que me quedó al salir del coma.

Antonio aprovecha el momento para hablarle de Freddy, el paranormal que los ayudó mientras permanecía en coma, desconociendo ella que es la misma persona que la ayudó en la plaza a regresar a casa.

Si, claro responde ella rápidamente, quiero conversar con esa persona, porque de verdad me siento bien de salud, pero realmente no me siento yo, tengo dudas, ese "alguien" que está a mi lado, solo me siento bien al estar sola, quiero siempre estar sola. ¿Será por el tiempo que estuve sola en ese estado inerte?

¿cuándo vamos Antonio donde esa persona? Pregunta, respondiendo Antonio que en ese mismo momento hablará con él, porque es un él, hombre, será lo más pronto posible.

Efectivamente, fue lo antes posible. Freddy desea verla otra vez, es la primera vez que una mujer le impresiona tanto, y desea verla, entrar en más contacto con ella, además de profundizar en su situación con su viaje astral, sus lagunas mentales y la sensación de tener a alguien con ella.

Fijaron la cita para el día siguiente a las 12 del mediodía, es la hora preferida por Freddy.

EL ENCUENTRO

Patricia vestida con la mayor sencillez, un jeam, camisa a cuadros azules y zapatilla negra, sin maquillaje, su cabello suelto, llegó donde Freddy solo con su esposo Antonio.

Fueron recibidos con la misma amabilidad y cordialidad que lo caracteriza, Patricia al verlo le dice, ¿tu? Y él le sonríe, igual puedo decir yo ¿tú? . Antonio por su lado, les dice ¿ustedes se conocen?

Así todos sonreídos, llegan a la misma sala donde Freddy atiende a sus visitas.

Bueno dice Antonio, exijo una explicación, sonreído para ablandar el ambiente previo a entrar en lo profundo de ese mundo astral, de inconciencia y todo eso...

Fue él, quien me salvó ayer en la plaza cuando perdí la memoria, dice ella, siendo tan amable que me llevó hasta la casa.

Si, allí estaba y la ayude, dijo sencillamente Freddy,

Toma la palabra Antonio explicando a Patricia que él es paranormal, sabe de la cuarta dimensión, es decir del mundo astral y en tu coma nos ayudó a entender algo de tu situación y en verdad nos ayudó mucho, desde el principio nos dijo que despertarías y nos controló la paciencia. Así que Juvenal y yo, varias veces consultamos con él y ahora ya somo un poco más amigos.

Dada esa explicación, Freddy toma la palabra preguntando a ella ¿te sientes bien?

Patricia da un sí, agregando que se siente bien, pero inestable, como que le falta algo, y desde que despertó del coma tiene la sensación de estar alguien con ella, como una persona que la cuida, la vigila y como sabes, ayer perdí la memoria me desoriente, no sabía dónde está la casa. Le agrega que busca estar sola, no desea salir, ni ser molestada y con poco apetito.

Freddy le toma el pulso, lo siente lento, no estás asustada, es todo lo contrario, estás deprimida. Eso es normal después de tantos días dormida, sin moverte, sin comer y el ataque de ira. Te aconsejaría que camines, allí en la plaza está bien, pero si te molesta la gente porque quieres estar sola, busca el lugar apropiado, pero te digo la plaza por estar al aire libre, con árboles, sol, y espacio suficiente. Debes tener paciencia y Antonio y tus padres también, es lógico que presentes esa falta de ánimo, aliméntate bien, es importante y esperemos unos días. Según como sigas, yo quisiera hablar contigo para conversar sobre el mundo astral, si te interesa seguimos, si no te agrada, seguimos conversando sobre lo uno y lo otro como terapia. ¿Te parece bien? Mira a Antonio con la misma pregunta, ¿te parece bien así?

Los dos estuvieron de acuerdo, a partir de mañana a esta hora que la reservaré para ti, les respondió.

Salen de la sala, y ya cerca de la salida, ella se voltea y le pregunta y ¿esa sensación de un alguien que está conmigo?

Mañana te respondo y te explicó por qué mañana, Por ahora aliméntate bien, si es posible camina un rato que Antonio te acompañe y mañana de ser posible ven sola y si vienes con él, te esperará afuera. Debemos hablar solos tú y yo. ¿De acuerdo?

Chévere, dice ella, con otro ánimo, con otra energía y en lugar de darle la mano a Fredy, lo besa en una mejilla como si fueran amigos de siempre.

Saliendo de la casa de Freddy, Antonio y Patricia se dirigen a la Plaza, ella con solo esa visita se siente mucho mejor, no sabe por qué, pero se siente diferente, y si, acepta caminar en la plaza.

Casi en total silencio ellos caminan alrededor de los arboles en unas caminerías especiales, recién hechas.

El está pensando en Magaly a quien no le ha dedicado atención en los últimos días y desea verla, al salir de allí, la llevará a comer, en eso y otras cosas de su relación con ella siguen pasando por su cabeza.

En tanto Patricia, sin pensar en algo específico, sonríe, su espíritu cambió, su energía también piensa en ese mañana para conversar con Freddy a quien ha visto solo dos veces, pero lo siente agradable de trato y simpático, además que le hablará del mundo astral, que le gusta, le interesa es un mundo diferente al de la tierra.

Así ambos con sus pensamientos diferentes, se miran sonríen y a la hora y media, se retiran, a Antonio lo espera Magaly y a ella, una buena cena y la cama.

Ella sobre su almohada se pregunta sobre ¿un mundo astral? ¿qué significado y que tendrá que ver con ella? Toma su celular y busca sobre el tema, logrando palabras conformando oraciones que no tienen sentido para ella, sin embargo, queda intrigada, esperará conversar con Freddy, pero ya sabe eso de "astral", es decir fuera de la tierra, por allá con los astros, sonríe y duerme muy bien, soñó con la cara de un león y a su lado un oso. ¿Tendrá algún sentido?

A la mañana siguiente hubo una conversación interesante entre Juvenal y Antonio sobre Magaly y la situación que se avecina con Patricia quien tomó muy a la ligera la confesión de su esposo, se podría pensar que ese tema no le interesa, es totalmente indiferente, en ella algo cambió, a sus 28 años, comenzando su vida adulta, siente que algo le falta, no se siente que va por el camino que debe ser, eso lo sintió al mismo despertar del coma. Abrió los ojos y lo primero que vio frente a ella fue un círculo de varios colores, como un arcoíris, pero cerrado, no en forma de arco. Luego sintió una extraña paz interior provocando en ella largos suspiros que lo entendió como un revivir, regresar a la vida, pero esa repuesta a ella misma no la conformó, era un arco tan bello, pero tan extraño. Sería esa otra pregunta para Freddy.

Eran tantas las interrogantes, que decidió tomar su cuaderno de notas y escribir todo esas ideas y recuerdos que le llegaban, está segura que a partir de ese despertar a la vida y en su conciencia, otro es el rumbo, otro muy diferente al de la rutina, el día a día sin verdaderos propósitos, no es ese su destino, y nuevamente pensó en Freddy quien de la nada apareció en aquella plaza, en un momento decisivo en su laguna mental y luego resultó ser el paranormal que ayudo a su padre y esposo a sobre llevar su largo estado inconsciente.

Todo tan extraño, pero tan coordinado que un propósito especial viene en camino, mirando el reloj faltaban como dos horas para encontrarse con Freddy, lo ansiaba, tenía hambre de conocimientos, de repuestas y cree que solo ese joven señor le podrá responder.

INICIO EN EL MUNDO ASTRAL

Por su parte Freddy se prepara para recibirla, ella desconoce totalmente lo relacionado al mundo astral, a todas las enseñanzas que hay en el universo y con ella debe comenzar con el A B C en relación con esos conocimientos, es decir desde lo más básico, verá cómo responde para continuar dando repuestas a eso vivido en los tres meses inconsciente.

Patricia al salir de su habitación y encontrarse con sus padres y Antonio, da los buenos, ya sale lista para ir a su clase con Freddy pero, antes conversó unos minutos con su esposo sobre el futuro de ellos, y sin tantas palabras vacías, ella acepta la separación, entiende su realidad en elsentido de querer rehacer su vida, con ella no hay futuro, sin hijos, en una eterna rutina que se agotó, finalmente le dice, procede con la separación, tu eres joven, yo también, intentemos de otra manera, por otros caminos.

Antonio, atónito, quedó sin palabras, jamás pensó que esa sea la Patricia furibunda, enardecida de aquel día cuando solo lo vio conversando con Magaly, y ahora le habla de ella de esa manera tan natural, definitivamente esa Patricia es otra totalmente diferente, increíble. Algo pasó con ella en ese viaje que les dijo Freddy donde estaba mientras dormía. Esta es otra, allá la cambiaron, lo pensó y de cierta manera se alegró.

Efectivamente, "allá la cambiaron", como pensó Antonio, ella no lo sabe, nada recuerda, pero regresó muy diferente, con cambios profundos en su conciencia, en su manera de ser y ver el mundo en otra perspectiva.

Luego de esa corta conversación, se despidieron no sin antes decirle ella: "me tienes que presentar a Magaly", debe ser una gran chica cuando te agradó.

Antonio, se pasó la mano por la cara, ¿esto es real? ¿esa es Patricia mi esposa? Si, es ella su esposa, ese viaje por su pasado, con sus pro y contra, la cambiaron, nació otra mujer muy diferente, con su misma belleza de una chica de 28 años, pero interiormente es definitivamente, otra Patricia.

Antonio aun desconcertado con el cambio de Patricia, se acercó a sus suegros, estuvo unos segundos callados, buscando aire, respirar, y entender lo que ha pasado, conseguir las palabras para explicarle a Juvenal y Elia, los padres de Patricia, lo conversado con ella, el fin del matrimonio, significa que se muda de casa, ¿dónde? No lo sabe, pero ya nada tiene que hacer allí. Un cambio radical en la vida de ellos. Es un comenzar de nuevo.

Aquella presencia de alguien a su lado, la mantiene Patricia, sobre esa sensación hablará con Freddy, tal vez, le pueda decir algo, porque está segura que tiene relación con su coma de largos meses, de ese viaje que según él ha realizado en todo ese tiempo.

Esa "sombra" que la tiene a su lado, surgió desde ese momento al despertar, le dio la impresión qué salió de ese arco de colores que vio en el instante de abrir los ojos, eso fue lo primero ante ella y cree que de allí salió esa sombra que la sigue y debe saber si es cierto, o es una idea de ella y si es cierto que tiene ese "ángel" por llamarlo de alguna manera, ¿por qué y para qué?

En resumen, Patricia de su viaje astral, llegó con más preguntas, que respuestas, más inquietudes que tranquilidad, más paz interior que ese volcán interno que explota ante cualquier contradicción o disgusto, ella no es más esa chica del ayer. Ahí en esa cama por casi tres meses, nació y se formó otra persona, con nuevos propósitos y metas y en eso está segura la ayudará Freddy de eso tiene un palpito que sintió al estrechar su mano allá en la Plaza y que luego fue el mismo hombre que le presentó su padre, cómo el paranormal que los ayudó a sobrellevar la situación de ella.

¿Es eso casual? No, se responde, esto que me pasa no es nada normal, Freddy tiene una misión y ella así lo siente.

Los padres de Patricia, Juvenal y Elia tomaron lo del divorcio de su hija, como algo que se veía venir, mucho más con la aparición de Magaly en la vida de Antonio, el nuero que aprecian y lo quieren como un hijo porque así ha sido su comportamiento con ellos, un buen y preocupado hijo.

Cambia totalmente el hogar de ellos, Antonio en unos días más cambia de residencia, Patricia definirá su futuro de alguna manera y ellos, los hasta ese momento los jefes de la casa quedan en una incertidumbre a la espera de los días por venir.

A las 12 del mediodía, Patricia toca el timbre en la casa de Freddy, Antonio la dejó allí, por temor a un bloqueo en su mente, se apresuró en llevarla y asegurar llegaría sin tropiezos.

Siempre cordial Freddy la recibe, él ha cancelado otras consultas para dedicarle el tiempo necesario a ella siendo el primer contacto y las condiciones en las cuales se encuentra.

No es fácil tratar de convencer a alguien de la existencia de mundos más allá de la Tierra cuando no están a la vista de todos. Están en otros planos, en otras dimensiones y personas como Patricia que nunca conoció absolutamente nada, le será algo difícil entender eso a pesar de haber realizado un largo viaje por la tercera dimensión pero que nada recuerda.

Freddy quien desde pequeño tiene facultades especiales como ver, sentir y viajar espontáneamente entrando a ese mundo que ha perfeccionado con el pasar del tiempo, tiene la capacidad para explicar teórica y prácticamente todo lo relacionado a esa materia, espera que Patricia tenga la mente abierta, desde el inicio acepte y finalmente entienda lo sucedido a ella y lo del viaje que la llevó a su pasado nada positivo y luego paso a sus correcciones culminando con otra oportunidad que le ha dado el tribunal cósmico para no solo corregirse en la vida terrenal, sino convertirse en líder de esta nueva vida astral.

Luego del habitual saludo, en el salón dónde Freddy atiende a sus clientes, comienza dando una explicación de lo que él tratará de mostrarle sobre esa parte del conocimiento que ella desea. Patricia acepta, abre su libreta de anotaciones y cuando comienza a escribir, las palabras de Freddy van mucho mas rápido que su escritura, al fin suelta el bolígrafo y pone atención a sus explicaciones.

El mundo astral es una dimensión que existe más allá del mundo físico, allí la vida es mas intensa y los colores mas vivos. Las cosas se pueden percibir en todas sus dimensiones, al mismo tiempo, está formado por seres inmateriales.

¿Me estás entendiendo, Patricia? Pregunta Freddy notando la cara inexpresiva de ella, o no entiende o no está poniendo atención.

Ella reacciona, efectivamente, se perdió en el hilo de su explicación, debe ir más despacio, le responde.

Entonces haremos algo mejor, te doy el libro, tu lees y me preguntas y entre los dos nos damos a entender.

O si deseas, le agrega, te presto el libro, lo lees en casa, anotas lo que deseas te aclare y cada día te voy aclarando tus dudas.

Eso me parece mejor, responde ella, pero me puedes explicar, por ejemplo, ¿qué es o quien, esta sensación que tengo desde que salí del coma, como mi ángel de la guarda que me sigue a todos lados?

Eso es más difícil, solo te digo que no te preocupes, tampoco te asustes, en su momento te lo explicaré detalladamente, pero debes comenzar por saber lo básico del mundo astral y si crees en ello, seguiremos, espero que sí, es la única forma de explicarte lo sucedido en ese coma así mismo lo del viaje que realizaste en ese tiempo.

Antonio, sin perder tiempo ubicó a Magaly en su trabajo, en la farmacia donde cumple como regente, ella graduada en esa especialidad y ejerce como tal en dos farmacias del mismo propietario

Al saber de la separación de Patricia, se abrazan y besan, la pregunta siguiente es: ¿dónde vivirá él mientras normalizan su vida?

Todo eso se superará, lo importante es la posición asumida por Patricia quien sin saber porque ahora es tan pasiva, aceptó aquel romance de su esposo, liberándose ambos de una vida forzada por la costumbre, pero dónde el amor se perdió.

Poco a poco la vida de ellos se normaliza, todo quedó atrás, tanto la rutina de sus años de casados, como los tres meses del coma que los mantuvieron en suspenso, solo las explicaciones de Freddy sobre el viaje astral que ella realizó, los calmó esperando su final tal como sucedió.

Algo inesperado pasará en la vida de Patricia, tendrá un despertar y es allí cuando su gran apoyo será Freddy.

Esa noche ella, involuntariamente salió de su cuerpo, se vio flotando sobre su cama, luego entró en un arco de colores, un portal, que la llevó en presencia de Carlos, su amigo del colegio y quien fue su ángel guía en una parte de su viaje, ella de eso no se recuerda, pero Carlos si y al verla como perdida en ese portal interviene, la toma de la mano y la lleva nuevamente a su lugar en el mundo físico.

Despierta, no sabe si lo sucedido fue real, fantasía o sencillamente un sueño, pero fue muy real,

Eso le comenta a Juvenal, su padre, quien ha estrechado una buena amistad con Freddy y en las últimas semanas ha leído mucho sobre ese mundo después del terrenal y la ayudará a entender un poco sobre eso que para ella es imposible, separarse de su cuerpo y regresar ¿así nomás?

Al enterarse Juvenal de lo sucedido a Patricia, entiende que ella no ha quedado bien, algo pasó entre el coma y el momento de despertar, recordando la pérdida de memoria en su paseo a la Plaza.

¿A quién acuden? Lógicamente a Freddy, no saben de nadie más. Patricia pareciera dejó un "cabo suelto" en el camino, es decir está en la tierra, pero algo no quedó bien cerrado, y ella también es reclamada allá.

Esa presencia que siente es otra pregunta sin repuesta, siendo una situación ambigua la que ella presenta en ese momento, está aquí, pero también allá.

Posiblemente Freddy no será capaz de saber que le pasa, será necesario que intervenga y él mismo entrar al mundo astral buscar alguna explicación para ese caso, de hacerlo puede entender qué pasa, de lo contrario habrá que buscar un ser elevado y la situación no solo se complica, también se alarga y se involucran más entidades tanto del mundo terrenal, como del místico.

Sin embargo, al saber de este caso, el propio Freddy se ofrece para realizar el viaje astral preparatorio considerando que ella nunca conscientemente a realizado un viaje de esa naturaleza.

Cuando le explican a Patricia que lo de ella fue un viaje involuntario al plano astral, se sorprende que todas esas cosas "raras" le estén pasando cuando nunca estuvo en esas cosas, ni siquiera sabía que existían, ahora ¿por qué le suceden esas rarezas?

Entre tantas cosas que le deben explicar a ella sobre lo místico, lo astral, los portales y esas situaciones extrasensoriales, Freddy le dice que en ese mundo existe lo que llaman el "cordón de plata" que es la conexión entre lo espiritual que sería lo que sale hacia lo astral y el cuerpo que es la parte física que se queda en el plano terrenal. Es una conexión que no se pierde y por eso el espíritu regresa a su cuerpo. Creo, le agrega, que en ti debe haber algo así como ese cordón de plata, una parte de ti se quedó allá en lo astral al regresar a tu cuerpo y son las cosas extrañas que te están sucediendo como un llamado de atención. De todos modos, agrega, vamos a consultar a un maestro espiritual, un ser elevado que está mejor capacitado y experimentado que yo.

Si es a mí a quien reclaman en ese mundo astral, como me dicen, ¿por qué no soy yo quien voluntariamente llegue a ese mundo astral y tu seas quien me guía?

No es nada mala la idea, responde Freddy, pero te tienes que entrenar y eso no es de un día para el otro. Lleva enseñarte a meditar, luego a visualizar y finalmente a relajarte. Una vez domines eso, te guio para un viaje astral voluntario. ¿Estás dispuesta? Me encanta, responde ella, suena interesante y será una misión emocionante e interesante. Vamos a darle, dijo ella emocionada hasta tal punto que abrazó a Freddy y ambos rieron alegres.

¿Comenzamos mañana? Pregunta él, Cuando tu digas, si quieres ahora mismo, le responde Patricia.

La mejor hora para meditar es de madrugada, yo acostumbro a hacerlo a eso de las 5 de la mañana, si puedes venir un poco más temprano comenzamos tu primera práctica, le explica Freddy,

Claro, a las 4 estoy tocando tu puerta. Responde ella.

Efectivamente Patricia a las 4 de la mañana está en su casa, vestida muy sencilla, como siempre, con su jean, su franela algo holgada y unas gomas blancas acorde con el atuendo deportivo

Comenzaremos con las meditaciones, una vez estes preparada, seguiremos con las visualizaciones y finalmente con la concentración, explica Freddy. Entendido responde ella e inician las clases sobre unas pequeñas alfombras ubicadas en el mismo salón de las consultas,

Ese proceso de aprendizaje duro tres semanas y ella puntualmente acudía a las 4 de la mañana, en tanto seguía con su sensación de alguien a su lado, caminaba con su madre o su padre por los alrededores de la plaza por si perdía la memoria, y una vez más se vio saliendo de su cuerpo, envuelta en un circulo azul evento místico que duró unos segundos y en esa oportunidad vio a un ángel que pasó por sobre ella sin detenerse y al mismo momento despertó.

Ya finalizando los entrenamientos, al salir de su casa, se vio en una calle ciega, sin mas caminos, se perdió pensó ella, cerró los ojos por unos minutos y al abrirlos estaba en otra calle, la anterior a la casa de Freddy. Que sensación tan fea, le comentó, esto tiene que terminar Freddy ya me preocupa.

Estamos cerca Patricia, ten un poco mas de paciencia ya estamos cerca. La abrazó y no fue como muy natural aquel abrazo, ella evitó mirarlo para no pasar a lo segundo.

Se concentraron en las prácticas, ella aprendió muy rápido meditaba en su casa al llegar de caminar, se sentía muy bien, alegre, sana, despierta, nada de ese pesimismo y depresión, nada de eso, todo ha quedado en el pasado.

Cuanto le agradece a Freddy su dedicación, su apoyo, su interés, sin cobrarle ni un centavo, incluyendo un alimenticio desayuno.

Llegó el día, harán su primer viaje astral voluntario, guiado por Freddy, es decir lo intentaran hacerlo a la vez.

Fue un contacto muy rápido, algo como entrar y salir del astral, solo alcanzó a ver luces hermosas, arcos de todas las gamas y fue una vista esplendida que en los pocos segundos que estuvo se sintió como en casa, miró a un lado y nada vio, ¿buscaba a alguien?

Si su subconsciente lo hacía, ella no lo recordaba, buscaba a su ángel guía, a Carlos aquel compañero de clase. Pero ella aún no lo sabía. En tanto Freddy vio a ese "alguien" que ella buscaba, su ángel guía en el intenso viaje por su pasado. Freddy lo vio, es él se dijo sigue acompañándola, es la sensación que ella siente, es él.

Es algo como el cordón de plata entre él y Patricia, ¿por qué eso? Se pregunta. Quedará para otra oportunidad, pero ya Freddy sabe que ese ángel quien aún sigue conectado con ella.

Descubierto gran parte del misterio que sigue rondando al viaje astral de ella. Pero cómo decírselo, nada recuerda de ese viaje, de ese juicio, de quienes la acompañaron, entonces ¿cómo decírselo ahora?

Están ambos en la sala de consultas de Freddy, despertaron del viaje, fue demasiado rápido, instantes nada más, pero ella está encantada, yo he visto eso antes, se dijo y lo expresó a Freddy, allí estuve yo, no sé ni cómo, ni para qué, pero eso lo he visto antes, le repite a él. Efectivamente, ya sabe él que es allí donde ella estuvo por casi tres meses y no lo recuerda, ese es el trato y así se cumple.

En otras palabras, fue instantáneo ese viaje astral, fue corto, pero conciso, se logró el objetivo por lo menos para Freddy que todo lo entendió, no para ella que tiene un bloqueo sobre su viaje al pasado,

¿Cómo decirle a ese ángel guía que deje de seguir a Patricia? No sabe si eso es posible, pero lo intentará, dejará pasar dos días y regresará.

Así mismo fue, regresó en horas de la madrugada regresó, pero no lo vio.

Patricia tiene que rehacer su vida, eso del mundo místico, paranormal o astral le agradó, le parece interesante y algo positivo para su vida. Piensa dedicarse a eso.

Conversa con Freddy sobre eso, porque ella sabe que en ese coma pasaron muchas cosas, ella estuvo en ese viaje para conocer su pasado que no fue nada positivo, todo lo contrario fueron terribles esas vidas pasadas y ella quiere saber si desde este plano terrenal pueda subsanar algunos de esos pecados, remediar a los afectados, ¿será posible? le pregunta a Freddy quien le respondió que el mundo astral es infinito y allí existen registros de las acciones buenas y malas de todos los humanos, a ti te juzgaron revisando esos registros.

Todo es posible le agrega él, si en verdad deseas corregir aún más tus errores, con esa buena intención y seguridad, de alguna manera se presentarán las oportunidades y habrá casos que ni te darás cuenta estás ayudando a quienes de alguna manera pagaron las consecuencias de esas malas acciones.

¿Sabes que es satisfactorio para mí? Le dice Freddy, que te pueda ayudar en ese propósito, me agrada, me gusta, vamos a trabajar en eso, me hago tu cómplice, lo dice con una gran sonrisa tomando sus manos como aliados que así serán a partir de ahora.

Freddy jamás pensó que aquellos caballeros que una vez lo buscaron tímidamente para hablarse del coma que tenía la hija y esposa de ellos, lo llevaría no solo a conocerla, sino llegar a formar parte de su mundo partido en dos con su parte oscura y luego en la luz que le abrió el camino a su despertar espiritual.

Eso le agradó demasiado a Freddy y para tal fin, él tiene que prepararse más y así lo hará.

Casos como sus pecados de lujuria, soberbia y envidia, que cometió en tiempos muy atrás, será difícil lograr algunas personas relacionadas con los afectados de entonces, pero sí podría actuar para hombres y mujeres con pecados como esos, rescatarlos y hacer de ellos mejores personas. Es una tarea titánica, pero hermosas que a los dos les daría sentido el hecho de conocer el mundo astral, ese poder espiritual que se le puede despertar a muchos más, porque la vida no termina aquí, hay otros mundos más allá del terrenal.

En ese proceso de mejorar y ampliar sus conocimientos, Freddy se encuentra con el libre albedrio, lo hace razonar, sobre eso, ellos por muy buenas intenciones que tienen, no pueden intervenir en el libre albedrio de otros, así la realidad, si desean ayudar será de manera indirecta pero no alterar las decisiones de otros.

Patricia al conocer esa verdad, se resigna, es verdad sería insistir en algo que está prohibido porque el libre albedrio es lo más sagrado que tienen los humanos, decidido por el propio creador.

En su lugar deciden no mantener en secreto el mundo astral, basados en la experiencia de Patricia que viajó por sus vidas en esa cuarta dimensión verdad que descubrió por la intervención de Freddy. Un hecho tan hermoso, tan positivo y real debe tener más difusión, dejando el secreto y el misterio a un lado.

Allí sobre ese análisis que se hacen ellos dos, Freddy decide que ese don, o esa facultad que él tiene no debe permanecer más tiempo, como si fuera un misterio fuera de esta realidad, que es hora de abrir las enseñanzas sobre el mundo más allá de la tierra a todos los que así deseen tener esa otra visión del mundo más allá del terrenal, del mundo de ellos.

De alguna manera el caso de Patricia y la propia Patricia, abrió la mente de Freddy decidiendo salir del anonimato, del misterio que rodea a los llamados paranormales y mostrarse como un ser más que sencillamente goza de un talento o de una visión especial en el cual todos tienen la misma oportunidad.

A Patricia, esa idea le agradó, si no se puede con su primera idea de ayudar a corregir las conductas de otros, entonces que se abra el camino donde todos puedan andar como es el camino de la espiritualidad, el mundo más allá del físico y en eso trabajaran.

Ambos están de acuerdo, lo de ellos no pueden mantenerlo en secreto, en un misterio, no, es un mundo al que todos tienen derecho de conocerlo, sentirlo y vivirlo y ellos harán lo posible que así sea, por lo menos hasta donde ellos puedan. Es decir, están en capacidad para abrirle ese camino a todos los que los deseen, será la ocasión para abrirle el entendimiento a este mundo hasta ahora obcecado al mundo astral.

En esos momentos de reflexión sobre ese mundo que está fuera de lo físico, Patricia agradece a Dios, a la vida y al mundo astral ese viaje del cual formó parte y sin ser consciente de lo vivido entiende que fueron hechos inolvidables, un privilegio del cual todos deben disfrutar tal como ella piensa hacerlo a partir de esta decisión tomada y actuar seriamente frente al mundo que los lleva más allá de los físico y terrenal.

Patricia en ese primer intento de conocer el mundo astral con la finalidad de saber quién es, o que es, esa sensación de tener a alguien a su lado le comunica a Freddy si obtuvo alguna información o iluminación, respondiéndole que en esta oportunidad efectivamente nada se logró, pero se logrará.

Ya en casa, Freddy le propone a Patricia, prepararse mejor, se debe ayunar por unos días, ingerir solo los alimentos necesarios y una sola vez al día, para mantener el cuerpo físico más liviano, además de meditar más seguido y por el mayor tiempo que se pueda. Finalmente dormir profundamente y todo el tiempo que el cuerpo necesite.

Y todo eso ¿para qué? Pregunta ella quien sospecha que Freddy busca realizar un viaje, no tan largo como se supone fue el de ella, pero si un poco más allá del que tuvieron por unos escasos segundos.

Freddy en una de sus clases, le aclara a Patricia qué entre el mundo físico y el astral, hay gran diferencia en el tiempo, lo que en el terrenal son unas 90 horas, en el astral son fracciones de segundos.

Ellos, Patricia y Freddy forman un dúo perfecto, ambos desean conocer mucho más del plano astral, difundir esos conocimientos ampliando la conciencia del mayor número de personas acabando con mitos y leyendas con relación al tema creando en la mayoría falsos conocimientos solo por negocio perjudicando la esencia de tan maravilloso mundo.

Patricia se olvidó de Antonio, su esposo hasta ese momento, igual de su vida habitual aburrida y sin sueños, metas o propósitos. Ahora encuentra un camino por donde se podrá realizar, darle un sentido a su existencia y cambiar el concepto de vida para ella.

Un cambio radical tendrá con el apoyo de Freddy quien con su poco conocimiento y cierto poder en el mundo astral, tendrá la base para seguir por ese camino que será mucho mas emotivo, a la vez que entre los dos se ayudaran para avanzar en ese campo donde pocos han logrado entrar y perfeccionarse.

Patricia quien era totalmente neófita en ese tema, comenzará de cero: la meditación como punto de partida y ahí Freddy la guiará porque no es fácil dominar la mente y el cuerpo, pero ella con toda la disposición y voluntad, lo hará, avanzará para concretar todo el plan establecido por ellos.

Aquel encuentro que tuvo Antonio con su chica Magaly el día que Patricia los vio en la entrada a la farmacia, provocando en ella el ataque de ira terminando en un largo estado de coma que la elevó al plano astral, le cambio su vida con un giro de 180 grados que ahora la concretará con un nuevo y maravilloso objetivo en su vida preparándose para ello, dedicándose a tiempo completo.

Tal como lo han planificado, ellos dos con las meditaciones, lecturas diarias y mucha dedicación, avanzan rápidamente en su formación. Patricia logró dominar las meditaciones, Freddy ha sido su apoyo, pero el interés en ella y ese despertar que ha tenido al regresar del coma fue decisivo para dominar su mente y cuerpo avanzando para entrar al mundo más allá del físico, al espiritual que en su vida pasada jamás le dio importancia, ni sabía de ello, ni nadie le habló de ese mundo más allá de su ambiente.

Luego de unos dos meses con preparación intensa, Freddy avanzó en su dominio del cuerpo, mente y en su poder de viajar a voluntad, en tanto Patricia con una fuerza interior que la guiaba a hacia ese plano, a querer viajar nuevamente de manera consciente, se sentía preparada para elevarse, planificando el viaje voluntario de ella con la guía de su compañero en este nuevo reto, para esa noche, ella aspiraba poder responder a las exigencias de ese momento especial e importante para los dos.

Comienza entonces el proceso: su primera experiencia voluntaria, consciente, acompañada por Freddy, algo más difícil aún, pero su voluntad, su deseo intenso por ese viaje, esa noche, permitió que ambos viajarán.

Ella sintió un corrientazo en la base de su cerebro, detrás de la nuca, luego se vio sobre ella misma. Estaba acostada y se veía así misma, eso duro unos segundos, sintió algo de temor, pensaba moriría, y rápido regreso a su cuerpo.

Freddy presenció todo ese proceso y lo entendió, era normal la reacción de ella.

Ya en el plano físico los dos, ella le grito, me dio miedo, me dio miedo, le repetía abrazándose a él, quien la consoló con palabras como "tranquila, estuviste excelente, saliste de tu cuerpo, te viste en la cama, fue genial, es tu primera experiencia".

Reacciona, Patricia reacciona, lo vuelve a abrazar y lloró, no sabe si para desahogarse o por el miedo que le dio y comprobar que en verdad viajó al mundo astral.

Dio el primer paso. Patricia dio el primer salto a lo espiritual. Ya más calmada, al reflexionar y recordar lo vivido, dio gracias a Dios por haberle permitido esa experiencia y luego a Freddy por su dedicación e interés.

Ella está convencida que su camino es ese, dominar los viajes astrales, los voluntarios y aquellos que son involuntarios, inesperados, Pero es ese el camino que seguirá esperando sea acompañada por Freddy, su maestro, su guía y cree que también su compañero. Tanto tiempo juntos, con los mismos deseos y sentido en la vida, es posible, pero hasta los momentos se mantienen como maestro y alumna en esa enseñanza sobre lo místico. El tiempo decidirá su destino.

Para relajarse un poco, Patricia, quien tiene varios días ausente, va a la casa de sus padres, comenta la experiencia vivida en ese primer intento de viajar al plano astral, teniendo una repuesta ambigua de ellos, ni a favor, ni en contra, pero con mucha duda que eso que ella les explica sobre viajar fuera del plano terrenal, sea cierto. Son mentes y creencias muy diferentes a las que desde hace algunas semanas práctica su hija,

Juvenal quien sobre el punto habló muchas veces con Freddy, acepta y cree que eso es posible, pero por aquello de "ver para creer" duda que Patricia en tan poco tiempo haya logrado eso que les dice

Ellos, dejan pasar algunos días, para intentar viajar, continúan con las meditaciones, el ayuno y las lecturas, cada vez más instruidos buscan libros más avanzados.

Luego de una semana de aquel primer intento, Patricia y Freddy planifican el segundo viaje. Será esa noche y ambos unidos buscaran viajar.

Nuevamente ella siente el corrientazo en la base del cerebro, lo recibe más normal y logra salir del cuerpo, se ve acostado en la cama y ella entre unas maravillosas luces se mueve a un lado tiene a Freddy, avanzan están otras figuras con ellos, dos chicos y una chica, se sonríen y siguen su camino cada vez más hermosas las luces de colores nunca vistos en la tierra,

Ellos tenían como propósito buscar a alguien que tenían entre los planes, todo para ver si lo localizan y dar con esa figura o presencia que ella dice la sigue a todos lados.

Pero ese plano es infinito, puedes moverte por donde quieras, pero cómo saber por ¿dónde buscar sino sabes quién es, o qué es?

Patricia se siente cómoda viajando fuera de su cuerpo, una maravillosa experiencia tal como se lo había explicado Freddy, y sin prisa alguna, sin miedo, al contrario, agradable, seguían recorriendo ese inmenso mundo sin fin, sin límites.

Freddy inclusive nunca había viajado tanto, siempre lo de él fueron leves salidas a ese plano y regresar sin propósito especifico, pero en esta oportunidad es buscar a la presencia que está a un lado de ella desde el momento de salir del coma, sin decirlo, pero él cree es alguien que tiene que ver con su viaje por el pasado, pero ignora cómo se podría conseguir.

Freddy aun no sabe que esa "presencia" a la cual se refiere anda con ellos muy cerca, es la propia Patricia quien le dice que allí está, pero no la ve.

Con esas palabras, aparece y ella no sabe que es aquel ángel de la guarda que la guío en su anterior viaje por el pasado, es Carlos. De tal manera que cuando se hace presente, ella no lo reconoce, no sabe quién es. Freddy es quien le hace la pregunta, responde que fue su guía en aquel recorrido por su pasado y ahora la protege por amistad.

Patricia ese viaje por el pasado no lo recuerda, para ella no existió, por lo tanto, no puede saber de un guía como ese que ahora la protege.

Es en ese momento cuando Freddy le explica que en los tres meses que estuvo en coma, ella fue llevada a su pasado por el tribunal cósmico y esa presencia que ella siente la sigue todo el tiempo, fue su guía, pero que ella nada de eso recuerda porque así son las cosas en el plano astral.

Entonces la seguirá acompañando solo si ella se lo permite, de lo contrario regresará a su plano astral en el lugar que le han asignado y todo lo vivido por Patricia en ese tiempo, quedará allí, en el pasado.

Así fue, ella decide dejar todo atrás, ya lo pasado es pasado, continuará con su preparación espiritual viajando por lo astral, sin presión, sin interés particular alguno, solo porque eso le gusta, la atrae.

La transformación de Patricia fue total, sus iras, confundidos con ataques de epilepsia quedaran atrás, continuará recibiendo enseñanzas de Freddy quien a su vez elevará su nivel y así unidos por emprenderán la misión para ayudar a aquellos que por algún motivo caiga en coma, extendiendo el apoyo hacia los familiares tal como sucedió con ellos sus padres, esposo y amigos en su coma y la orientación que recibieron de Freddy.

Bonita labor, además extenderán su labor con cursos para todos sobre ese mundo astral y los viajes fuera del cuerpo.

Patricia y Freddy, han pasado tanto tiempo juntos, además tienen los mismos propósitos para mejorar a la humanidad, que luego de unos meses se enamoraron, se casaron, después del divorcio por mutuo acuerdo de ella con Antonio, y ahora son una pareja investigando, aportando a lo místico, a lo astral, que se sienten realizados y con un buen propósito en la vida de los dos.

DANDO SENTIDO A LO ASTRAL

Inician una jornada de cursos para instruir sobre ese interesante tema de lo   astral, comienzan con solo dos personas, una pareja joven como ellos que desean entrar en ese mundo donde consideran estarán después de dejar el mundo terrenal y quieren estar preparados para ello.

Poco a poco aquel grupo aumentó al punto de fijar límites para poderlos atender a todos en sus dudas y falta de conocimientos, así que dividieron la semana por grupos diferentes y ayudar al mayor número de personas.

Como una última parte de esa preparación e inicio en el mundo astral, termina con prácticas de meditación y al final con pequeños viajes astrales.

En uno de esos primeros viajes astrales, uno de sus alumnos Gerardo, hace contacto con quien fuera su padre, también de nombre Gerardo, Su ubicación en ese mundo místico no era el mejor, estaba estancado sin poder ascender por necesitar un perdón a sus errores, allí Gerardo hijo, el Junior, nada podía hacer aún, no está a la altura de ese tipo de contacto y de solución, en tanto que Freddy, más que Patricia, lo podría ayudar y a él acudió.

Le plantea la situación de su padre, quien le dice que no es fácil, pero lo va a intentar, solo requiere saber quién es y dónde está a quien él debe pedir perdón, es decir a su madre.

Josefina que es su madre, está viviendo fuera de la región donde ellos están, pero antes de entrar en contacto con ella, Freddy debe saber la historia, conocer hasta donde él podría llegar y ayudar a la liberación a través del perdón, de quien fuera su esposo y padre de Junior.

Gerardo y Yolanda, se hicieron novios desde la edad escolar, a eso de los 16 años, al inicio fueron la pareja perfecta, se amaban, se respetaban y se entendían de la mejor manera incluso respetándose los principios de cada uno, Gerardo era de la religión católica y Yolanda evangélica, religiones parecidas, sin embargo, cada uno la profesaban respetando al otro.

Al correr del tiempo, ya con años de casados y con tres hijos, Gerardo no fue el mismo, andando con amigos poco apropiados, se dedicó a la bebida, las fiestas y lógicamente a tener nuevas parejas, amantes que le cambiaron su proceder e incluso se alejó de sus principios religiosos que empeoró la relación en ese matrimonio que fue ejemplo para familias y amigos.

Entre esos amigos de fiestas y licor, hubo uno Teodoro, quien se caracterizaba por hacer buenos negocios, manejar buen dinero manteniendo una vida cómoda económicamente hablando.

Por su parte Gerardo también contaba con buenos ingresos con su trabajo como directivo en un organismo gubernamental desde años atrás y su cuenta bancaria gozaba de buen récord.

Además, Gerardo que fue hijo de un comerciante próspero quien tenía varias posesiones como casas, terrenos y su empresa de papel, fue el designado por su padre, el señor Efrén, para manejar la herencia de él a su fallecimiento porque según la opinión que tenía de su hijo es la de un hombre de familia, honrado y apegado a la ley.

Así fue como Gerardo al fallecer su padre Efrén, se encargaría de repartir su herencia de la manera más equitativa y justa.

Ni una cosa, ni la otra, Gerardo no repartió la herencia se apoderó de todo porque según él aumentaría ese capital para beneficio de todos.

Se asoció a un empresario de construcción quien tenía en proyecto un inmenso conjunto residencial para 260 casas para la clase media y la clase más económica.

Gerardo cayó en sus manos, aceptó la sociedad y para poder disponer del capital, así como de los inmuebles que dejó su padre Efrén, para invertirlo en ese proyecto, necesitaba la autorización legal, es decir notariada, de su esposa Yolanda, según las leyes del país.

Yolanda quien desconocía, todo eso del proyecto habitacional y de un socio firmó el documento en la notaría en la creencia era para repartir la herencia dejada por el señor Efrén, fue engañada por su fiel y amado esposo

Gerardo, firmando sin leer aquel documento que sería el mayor robo y delito contra sus propios hermanos.

El dinero le fue entregado al socio para iniciar la construcción del complejo habitacional, craso error, el dinero viajó para Europa, donde su "socio" tenía su cuenta bancaria y con ello también viajó él

El asunto no quedó ahí, los 8 hermanos de Gerardo señalaron a Yolanda, de querer para ella y su familia el dinero dejado por su suegro Efrén.

En ese punto estallo la realidad en la casa de Gerardo y Yolanda, ella reclamando a su esposo el hecho de llevarla a firmar a ciegas ese documento donde lo autorizaba a disponer a su discreción del dinero y demás bienes dejados por el señor Efrén.

Un hecho imperdonable, qué si lo era, por muchos motivos, entre ellos haber sido Yolanda acusada de ladrona, manipuladora y traición por quienes eran sus cuñados.

Esa acción provocó la separación de ese matrimonio hasta los momentos tambaleándose por los excesos de licor de Gerardo y su poca atención al hogar.

Pasados dos años, Gerardo fallece en un accidente de carro, pero al entrar a ese plano astral no recibe las mejores atenciones,

Esa falta de perdón de Yolanda a su exesposo Gerardo, lo mantiene en un limbo en ese mundo donde tiene registrado esas malas acciones contra su familia y familiares.

Freddy escucha esa interesante historia y como unos malos amigos y malas decisiones llevan a situación como esa con un matrimonio destruido, enemistades entre hermanos por la posesión de dinero, calumnias y acusaciones de unos a otros.

Gerardo arrepentido por su mal proceder contra sus hermanos, su esposa y la traición post morten a su padre al no cumplir con lo estimado y querer robarse la herencia de sus hermanos.

Freddy hará el contacto, primero con su esposa Yolanda y de esa visita depende todo.

Ha pasado algún tiempo, es muy posible que ella lo perdone, pero y ¿el perdón de sus hermanos?

Los humanos no sabemos la importancia de un perdonar, así como la acción de perdonarnos a nosotros mismos que tantas glorias traen a nuestras vidas, la tranquilidad de conciencia, y la paz a nuestra alma.

Al conocer la importancia que tiene el perdón en el plano no terrenal, en el astral, celestial o extrasensorial, Freddy indagó entre sus libros sobre este punto encontrando un material muy interesante e importante tanto en la tierra, como en el cielo, como dice la oración cristiana del Padre Nuestro, y allí entendió el por qué para Gerardo detenido en el plano astral necesita el perdón de su esposa y de sus hermanos pidiendo a quien lo contacto en uno de sus viajes, que lo ayude en tan importante misión de lograr el perdón de quienes él afectó y ahora paga sus consecuencias en el propio plano astral sin poder lograr la luz, la paz y la tranquilidad que se le niega.

Entre tantas lecturas sobre el perdón él destacó que el "perdonar no significa olvidar la ofensa, o justificar el daño", es sencillamente liberarse de la necesidad de vengarse y avanzar hacia el futuro, buscar la paz interior y reducir el sufrimiento emocional y eso requiere tiempo y esfuerzo.

Perdonar a Gerardo de tan fuerte acción en contra de sus hermanos y de su propia esposa, hecho que terminó en un divorcio al perder la credibilidad en quien es la persona en quien mas confías, no es un hecho de la noche a la mañana, se requiere de decisión, de tiempo, de reflexión buscando la paz interior de quien fue agraviado.

En definitiva, la misión que Gerardo le encomienda a Freddy no es nada sencillo, por el contrario es complicado y en este caso mucho más cuando los hermanos de él son 8 varones, además de Yolanda, su esposa quien debe guardar un resentimiento muy fuerte al verse utilizada de la manera mas vil abusando de su confianza y de la candidez de ella con un corazón sensible incapaz de cometer hechos como ese a alguien, mucho menos contra quienes son sus seres mas queridos, tal como él lo hizo de la manera más fría e insensible.

Así que Freddy consulta con Patricia, porque en realidad desean ayudar, pero es una situación difícil, complicada donde estarían inclusive interviniendo en el libre albedrío de los afectados.

Por otra parte, se plantean Freddy y Patricia que es un trabajo que requiere tiempo y finalmente, cómo explicar a quienes nada saben, nada conocen sobre el plano astral de esa labor extrasensorial.

Finalmente, Freddy razonando decide que ese perdón se lo debe ganar Gerardo, no quienes nada tuvieron que ver con esa situación, En otras palabras, le explica a Patricia, es Gerardo desde su plano buscar la manera de ganarse el perdón de sus hermanos y Yolanda.

Efectivamente así es el proceso, ellos pueden intervenir guiando a Gerardo, porque para ser perdonado por el tribunal cósmico debe realizar acciones que conlleven al perdón tal como fue el caso de Patricia en su viaje astral durante su estado de coma. Gerardo en esta oportunidad es quien está en esa misma realidad sin estar en coma, pero sí detenido en el plano astral hasta que decidan en el tribunal cósmico.

Tomada la decisión, Freddy esa noche al entrar en el plano astral y ubicar a Gerardo quien por cierto lo espera con ansias y conocer la repuesta de él, le explica la situación, siendo imposible que ellos actúen por aquello del libre albedrio que fue la justificación que mejor entendió Gerardo y en ese caso aceptó la orientación para subsanar su mal proceder y con ello el perdón ante las autoridades del tribunal cósmico.

Así los hechos, comenzará con su esposa Yolanda quien fue afectada más en su parte moral, qué en lo económico, al verse utilizada y engañada por su propia pareja y padres de sus hijos.

En esos momentos Yolanda presenta problemas con uno de sus hijos, con Ezequiel el chico que a la edad de los 14 años comenzó a presentar problemas con los riñones, iniciando con fuertes dolores en la espalda y vientre que fueron aumentando con el pasar del tiempo y en ese momento luego de los exámenes arrojó que Ezequiel nació con un riñón atrofiado, solo le funciona uno y la causa de su malestar, dolores tan fuertes, es precisamente el riñón atrofiado siendo necesario operarlo para extraerlo con la seguridad según el doctor Suarez, que su vida se normalizará y con ese solo riñón puede vivir muchos años tan solo cuidarse de las comidas y bebidas, sobre todo del licor.

Yolanda quien al quedar sola con la carga familiar no cuenta con los recursos para sufragar los gastos operatorio y post operatorio, medicamentos y terapia.

Esta situación fue detectada por Freddy al abocarse a ayudar a Gerardo en su situación astral y ubicar a Yolanda en un viaje junto con Patricia.

Precisamente presenciaron la escena cuando Yolanda lloraba en el momento de hablar con su hermana Coromoto sobre la enfermedad de Ezequiel y la carencia de recursos para la operación y el tratamiento respectivo, su hermana carecía de ese apoyo económico que se requería, pero la consolaba con palabras como "Dios te ayudara", "ya conseguirás los recursos", "ten fe" y así otras frases de consuelo.

Allí está la solución de este primer pecado que debe expiar Gerardo, se dijeron Freddy y Patricia, veremos que puede hacer.

Era un sábado previo a la semana santa, cuando en la tarde recibe la visita de un compañero de trabajo de Gerardo, el ingeniero Alexis Gutiérrez, traía una carpeta en las manos, luego del saludo respectivo, entrando en materia en cuanto al motivo de la visita, le informa que el Ministerio procesó el liquidación por los 10 años de trabajo de Gerardo, que ella sabe, en los organismos oficiales ese es un proceso lento y largo, pero concluido todo el papeleo respectivo, le hizo entrega de un cheque por un monto superior al costo de la operación de Ezequiel.

Eso es un milagro, dijo ella, después de muerto Gerardo ayuda a la familia, le dice al ingeniero Gutiérrez, quien sonríe por aquel momento milagroso llegar a la familia de su excompañero con una noticia como ésa y en medio de la situación con el caso de Ezequiel.

Claro que es un milagro, claro que fue la intervención de Gerardo.

Esa información sobre sus prestaciones, se lo comunicó Gerardo a Freddy y Patricia, quienes localizaron al ingeniero Gutiérrez haciéndose pasar por amigos de Yolanda, preguntando por las prestaciones de su esposo Gerardo, explicando que era urgente ese dinero para la operación de su hijo Ezequiel.

 El ingeniero procedió a investigar y efectivamente comprobó que ese proceso administrativo estaba detenido, lo aligeró con órdenes precisas de él y a los dos días le fue entregado y ese mismo día se lo llevó a Yolanda.

Freddy y Patricia se abrazaron de alegría, están funcionando las labores de ellos para ayudar con sus viajes astrales a quienes necesitan de apoyo.

Lo de Gerardo en este caso, fue un milagro, por varias razones, entre ellas las prestaciones estaban estancadas, sin procesar, pero fue beneficioso para mantener ese dinero guardado para resolver un caso como este. Así que todo funcionó y Yolanda podrá operar a su hijo y salir de su crisis renal.

Esa noche Freddy y Patricia vivieron una noche esplendida, cenaron en un buen restaurant, caminaron tomados de la mano por la plaza de la ciudad, luego tuvieron una hermosa noche de amor y romance llenándose de energía positiva para continuar al día siguiente con sus cursos, decidiendo no viajar en el plano astral por unos días reforzándose para el siguiente compromiso con Gerardo a quien le restan recibir el perdón de sus 8 hermanos.

Juvenal, el padre de Patricia quien pasó muchas noches a un lado de ella durante el coma, de vez en cuando los visitaba, asistía a los cursos sobre el plano astral y el mundo místico manteniendo excelentes relaciones con Freddy.

Quien pensaría que Freddy sea el esposo de Patricia a quien vio durante meses en una cama del hospital, ayudó a sus padres a mantener la esperanza y la paciencia, mantuvo buenas relaciones con Antonio su esposo en esos momentos. Son cosas del destino, que actúa de manera impredecible, acertada y en el momento exacto.

Antonio es feliz con Magaly, Patricia muy feliz con Freddy y todos se mantienen en contacto en los mejores términos hechos que los favorecen para mantenerse conectados con el mundo astral, un mundo maravilloso que les abrió la mente, el conocimiento y una nueva manera de vivir placentera, como jamás lo habían pensado.

Gerardo, quien nunca fue sincero ni con su esposa Yolanda, mucho menos con sus hermanos, mantenía negocios que ellos no conocían, y eso explicaba la razón por la cual a él nunca le faltó dinero, se daba muy buena vida inclusive viajaba continuamente demostrando que dinero nunca le faltó. En esa vida oculta, Gerardo se dedicaba a atender un casino que tenía registrado en una isla del Caribe. Eso era un secreto muy bien guardado, solo en sus últimos días de la enfermedad algo le comunicó a su hombre de confianza, honrado, fiel y con capacidad para cumplir con la ultima voluntad de su jefe, Gerardo, esposo de Yolanda, padre de sus tres hijos y hermano, no muy bueno de otros 7 varones a quienes les robo la herencia de su padre y debe pagar esa mala acción de alguna manera.

Ese hombre de confianza Carlos Alberto, recibió ya al final de su vida un sobre escrito por él en la soledad de esa noche cuando vio el final de su vida, con la promesa de entregársela a su hermano Luis Fernando, el menor de los 7 a unos 3 meses de su muerte.

Esa noche, cuando Freddy y Patricia nuevamente tienen un viaje astral voluntario, se encuentran con Gerardo, quien los esperaba para conversar sobre la manera de ayudarlo en su ascendencia en ese plano donde está sostenido todavía.

Allí les comunica que Carlos Alberto, su mano derecha en sus negocios en el Caribe tiene un sobre muy importante que debe entregar a su hermano menor Luis Fernando, a quien pueden localizar en la dirección que les dice, hablen con él, que es momento de entregar el sobre que le dejó y procedan a actuar según el texto que les explica con detalles.

Ese contacto entre ellos, duro escasos minutos, todo en ese mundo místico

 es mucho más rápido, así que vuelven a sus cuerpos Patricia y Freddy satisfechos por la labor que vienen cumpliendo, entre lo terrenal y lo astral.

Antonio, el exesposo de Patricia, conoció un poco sobre ese mundo astral del cual le hablaba Freddy, trató de hacer entender a Magaly, su nueva pareja, sobre esa realidad que ella desconoce, pero aún no ha logrado convencerla, mientras Patricia ha avanzado tanto que no necesita de Freddy para entrar en contacto con ese plano extrasensorial, e inclusive cuenta con un grupo de alumnos, entre jóvenes y mayores que ya forman parte del equipo que gustan, creen y practican los viajes astrales, haciéndolos mas normales en una ciudad muy materialista.

Sin embargo, Antonio decide hablar con Freddy el esposo de su expareja, pero entre ellos todo normal, muy civilizados, educados y modernos, eso no es impedimento para seguir cultivando la amistad entre ellos y profundizando en esos conocimientos místicos.

De esa manera Antonio se unió al grupo "ciudad mística" contribuyendo con el auge de estos conocimientos que cada vez más se ven como normales en una ciudad que cree en Dios y todo eso de su poder y creación, precisamente como parte principal del todo que es nuestro mundo.

Freddy y Patricia cumplen con la misión encomendada por Gerardo, contactar a Luís Fernando, el hermano menor quien a su vez se debe poner en contacto con Carlos Alberto a fin de leer lo que está en el sobre y cumplir con ese compromiso con el resto de sus hermanos.

Esos 6 hermanos de Gerardo quien desde aquel momento de enterarse que les robó la herencia de su padre, lo execraron de la familia, leyeron en voz alta la carta que dejó minutos antes de morir, donde manifestó su arrepentimiento, les pide perdón y a cada uno de ellos les dejó acciones del Club Tropicana, el Casino que a discreción lo manejó por años como un secreto bien guardado.

Allí, ellos 7 y Carlos Alberto, su hombre de confianza, tenían acciones en uno de los clubes-casino más importante del Caribe, hecho que les permitirá a todos tener una vida más holgada y cómoda recuperando así la herencia que perdieron por su mala y deshonesta decisión.

De esa manera quedó saldada la deuda que Gerardo tenía con sus hermanos, se libera de la sanción del tribunal cósmico y asciende en el plano astral ubicándose a la altura que le corresponde con posibilidades de ascender aún más.

El grupo "ciudad mística" cada vez se unían jóvenes, adultos y hasta de la tercera edad conformando un total de 43 miembros ubicados según sus conocimientos y avances, varios de ellos realizaban viajes astrales voluntarios y otros aun en eso.

De esta manera Freddy, Patricia, Antonio y Juvenal, aun sin entrar Magaly, se integraron de tal manera que se manejaban como una hermandad mística, todo como consecuencia de aquel tremendo ataque de histeria de Patricia, caer en coma y desde allí iniciar su viaje por el mundo astral, o de la cuarta dimensión, conoció su horrendo pasado, con instrucciones respectivas pagó por todos ellos y ahora es ella una de las anfitrionas y maestras que ayudan a integrarse a una vida más espiritual, al servicio de la humanidad.

FIN DEL TABU

Los viajes astrales que cada vez se hacen más comunes, dejando atrás el misterio alrededor de ellos hace unos años atrás, ayudan a conocer el mundo más allá de la muerte, ese paso al que todos les tenemos miedo, pero es un miedo a la desconocido, y es gracias a numerosos místicos e investigadores que se han dedicado a conocer e informar develando todas las interrogantes sobre el tema y que en ese entonces era un tema "tabú" prohibido en escuelas, medio de comunicación, e inclusive en publicaciones en libros, como se viene superando tanto el "tabú", como el misterio abriendo caminos para tantas cosas, pero principalmente a entender que con la muerte no todo termina, sencillamente, es un paso más para llegar a lo desconocido, a ese famoso "Edén" del hablan en libros y escritos religiosos, conocido también como el "cielo" en varias de las religiones que conocemos.

El mundo astral es un hecho, según algunos textos "son planos de existencia más allá del mundo físico. El mundo etérico se considera el puente entre el mundo físico y los planos más sutiles, asociado con la energía vital y los procesos de crecimiento.

El mundo astral se ve como un reino de la mente y las emociones donde el alma puede viajar y experimentar diferentes estados de conciencia."

En otros escritos se señala en relación con este punto que "el mundo etérico es la energía vital que anima a los seres vivos, mientras que el mundo astral es un plano de experiencia de la mente y las emociones.

Ambos planos de existencia se consideran importantes en la perspectiva espiritual y pueden ser explorados a través de práctica como la meditación, la visualización y el viaje astral",

"El cuerpo físico y el cuerpo etérico son los cuerpos objetivos del ser humano, son los que pertenecen al mundo exterior, al mundo de la naturaleza. El cuerpo astral y el yo son mucho más subjetivos y pertenecen a nuestro mundo interior"

"El cuerpo etérico , en la Teosofía. Y otras filosofías esotéricas, es la capa más cercana al cuerpo físico, consideraba la base de nuestro cuerpo energético o aura. Se cree que este cuerpo es responsable de sostener y conectar el cuerpo físico con los cuerpos más sutiles"

"El cuerpo etérico es un concepto maravilloso que nos invita a explorar la naturaleza multidimensional de la realidad. ya sea como una entidad energética real o como una metáfora de nuestra vitalidad, nos recuerda la existencia de una fuerza invisible que sustenta la vida y nos conecta con un universo más amplio.

Independientemente de nuestra perspectiva la búsqueda del cuerpo eterico no conduce a un viaje interior de autodescubrimiento donde podemos conectar con nuestra propia energía vital y explorar las dimensiones sutiles de nuestra conciencia".

Todas esas teorías, conocimientos y posibles técnicas para entrelazar lo físico con lo astral, entérico o superior, como se quiera denominar, son temas que no van a los planteles educativos, tampoco a las universidades, es un tema tabú como en años anteriores era el sexo.

Quienes deseen investigar o saber más profundamente sobre este interesante e importante mundo de lo físico, con lo espiritual o astral, deben buscarlos intensamente por sí solo porque libre y masivamente, esos textos no están al alcance de todos, mucho menos de personas sin recursos que son una cifra estadística bien alta.

La pregunta es: ¿Por qué tanto misterio con este interesante e importante tema?

Es así, como sucede últimamente con los conocimientos sobre salud, no muestran la realidad de enfermedades y cómo curarlas, no, es necesario tener la humanidad enferma para que prosperen los dueños de farmacias y laboratorios fabricantes de medicinas, inclusive han sacado del camino a médicos que se han atrevido a decir la verdad sobre las enfermedades y como curarlas y prevenirlas.

Igual en este caso sobre el mundo físico, el espiritual, el eterico, el astral y en fin los conocimientos sobre ese tema oculto de la vida más allá de la muerte. Los viajes astrales que aún son para un muy reducido grupo de personas que por su propia cuenta bien leen sobre la materia, o sencillamente a través de terceros se informan a medias, sin profundizar en los temas, mucho menos practicarlo.

Mientras ese grupo selecto si sabe, conoce y hasta practican viajes a otras dimensiones en busca de nuevos conocimientos, al vulgo, al humano común lo mantienen sumido en la ignorancia y quien de luz sobre la buena medicina y la gran verdad sobre nuestro mundo y el que está más allá, lo desaparecen así de sencillo.

Sabemos de ese mundo astral, de las prácticas de viajes astrales, de allí la fantasía creada por la autora pero que al final da a conocer qué si existen los viajes astrales, si es una realidad un mundo después de este mundo, que nuestra misión no termina con la muerte, tan solo es un paso más en el cumplimiento de nuestra misión.

La humanidad ha permanecido a través del tiempo en manos de los intereses de los poderosos, a quienes hemos permitido manejen nuestras vidas a su antojo y necesidades.

Así ha sido desde el inicio del mundo sin entrar en materia en lo religioso, solamente en el comportamiento de quienes han gobernado desde el comienzo de la humanidad.

De la misma manera como han obviado en nuestras enseñanzas sobre un mundo más allá del nuestro, ese maravilloso mundo astral, manteniendo a la humanidad estancada en una tercera dimensión, ni siquiera hablarnos de la cuarta y de los muchos estratos en el cual se divide lo astral, desconocemos como debemos prepararnos para llegar a ese nivel, no tenemos ni los más elementales conocimientos en esta materia, tan solo en los últimos años ciertos científicos y estudiosos del mundo astral, del universo en general, han proporcionado literatura para conocer lo básico de esos interesantes libros que han sido excluidos, eliminados, fuera de juego, y todo para mantenernos ignorantes del mundo después de este mundo.

Serán las próximas generaciones quienes tal vez puedan manejarse mejor viajando a la cuarta dimensión a ese mundo astral, avanzando tanto en los conocimientos necesarios y apropiados, como la preparación de nuestro cuerpo físico para ese salto fuera de nuestra dimensión en referencia al viaje astral voluntario. Lo cierto es que con la muerte no todo se termina, solo la materia, la carne, lo físico, pero nuestra alma, nuestro espíritu se mantendrá e iniciaremos ese nuevo recorrido dependiendo si viajamos livianos, con buena vibra, con un espíritu que cumplió su parte en esta tercera dimensión, o viajamos pesados, cargados de culpas, de asuntos pendientes, algo parecido a lo sucedido a Patricia, la chica de nuestra fantasía narrativa, cargada con mucho peso llegó al plano astral sin avanzar, en el caso de ella específicamente, sin regresar del coma siendo el castigo por sus malas acciones en esa oportunidad que se le concedió para avanzar en el plano físico y en el espiritual.

Perdiendo el miedo a la muerte, ya es un gran paso para avanzar hacia el otro lado, a esa cuarta dimensión, al mundo que nos espera al salir de este terrenal.

¿Sabías que explorando el mundo astral puedes superar miedos, explorar vidas pasadas y fortalecer la conexión con tu esencia espiritual?

Eso y mucho más se logra con una buena preparación física y espiritual en ese plano que se nos ha negado y por el contario nos ha negado ese derecho y a través del miedo a lo desconocido, nos han doblegado y manipulado.

Creemos que el miedo es uno de los factores principales por los cuales le tememos al mundo astral, y hablamos de nosotros mismos quienes leemos sobre este tema, nos agrada, pero el miedo nos frena, han sido muchos años con la manipulación a través del miedo: miedo a la muerte, miedo a lo que encontraremos, miedo a lo desconocido, miedo, miedo, miedo, eso está en nuestra psiquis y es por allí por donde debe comenzar la preparación para aspirar tanto los viajes astrales voluntarios o no, y el feroz miedo a la muerte.

Si nos ponemos a reflexionar sobre las ventajas de los viajes astrales podemos resumir entre muchas más, que enfrentamos el miedo a la muerte las muchas experiencias que tendremos, igualmente podremos explorar vidas pasadas, se logra mayor sensibilidad y comprensión, fortalece la conexión con la esencia espiritual a comprender la naturaleza del ser.

 Es entonces posible viajar al mundo astral si así lo decidimos, no de un día para el otro, necesitamos orientación, preparación, convicción, perder el miedo, relajarse y de ser posible tener ayuda, apoyo y un deseo de ser mejores personas.

FIN